ハッシャ・バイ／ビー・ヒア・ナウ

［21世紀版］

HUSHA-BY/BE HERE NOW

鴻上尚史

KOKAMI Shoji

白水社

ハッシャ・バイ／ビー・ヒア・ナウ

〔21世紀版〕

目次

装丁　図工ファイブ
写真　TALBOT.

ハッシャ・バイ

ごあいさつ
［第三舞台版・1987年4月出版］

ある雑誌のインタビューで、『ハッシャ・バイ』は、何本目の作品ですかと聞かれて、はたと指折り数えてみれば、なんと10本目の作品になっていました。

旗上げして6年で10本。と考えても、何の感慨もわかないのが、変な言い方ですが、自分でも困ってしまうところです。

なにせ、自慢ではないですが、僕は自分では、今までのチラシもポスターも持っていないのです。ひどい場合は、台本もない場合があります。

もちろん、劇団の事務所は、僕のこういう性格を見抜いてか、ちゃんと保存しているようですが、とにかく執着の無さは、自分でもあきれるほどです。

旗上げからの「ごあいさつ」を今度出たエッセー集『冒険宣言』にのっける時も、一苦労でした。旗上げの歴史的（?）な「ごあいさつ」を始めとして、殆どの「ごあいさつ」を僕は持っていなかったのです。どこを捜してもないのです。そのころは劇団事務所なんていうモノも制作なんていうシステムもなかったので、編集者を始めとしてみんな困ってしまいました。

結局、役者の伊藤が保存していたためことなきを得ましたが、みんな僕のこんな現状をあらためて知って、あきれ果てていたようです。

が、ここでこそっと言わせてもらえば、僕には終わったことはなんの興味もないのです。人間、過去を振り返り始めたらおしまいよ、と格好いいことを思っているわけではなくて、ごく単純に、過去には何の興味もないというそれだけのことなのです。

興味は常に、これからのこと。まだ見ぬ新しいこと。それだけです。

テントから始めた僕達も、この『ハッシャ・パイ』では、サンシャイン劇場という、とても大きな場所で上演することになりました。

が、正直な所を言えば、劇場の大きさも、僕にはあまり興味がないのです。じゃあ、なんで、だんだん大きな劇場になったのかと言われれば、お客様が増えたからとしか言いようがないのです。小さな、座席のない桟敷席での公演も、僕は大好きなのですが、今、第三舞台がこれをやってしまうと、もう客席が地獄になるのは、火を見て蛍が飛んでくるより明らかなのです。

紀伊國屋ホールに進出する直前の公演など、桟敷席での公演だったため、それはもう、地獄の阿鼻叫喚の客席でした。こんな小さなスペースに人間が座れるのかというぐらい小さなスペースに、五人は座るのです。僕はそんな客席を見ながら、申し訳ない、申し訳ないと心のなかで謝っていたものです。

そんなわけで、実を言うと僕は、劇場の大小そのものにも、そして過去にも、たいして興味がないのです。

これからのこと。次のこと。どこまで、行けるかということ。興味はただ、それだけなのです。

さて、幸運にも10作目の作品も、本になることとなりました。よろしければ、お読み下さい。あなたが、この本を読んで下さっている間に、僕はとりあえず、次の事を考えることにします。

あっと、それと、当日、劇場で配った「ごあいさつ」を載せておきます。

「ごあいさつ」［1986年12月・サンシャイン劇場］

最近は忙しさも常識を越えてしまい、申し込まれた仕事の半分以上は、断わるようになっています。書き原稿などもっての他で、来年1月にクランク・インする（と言われている）映画のシナリオも、まだ1枚も書いてないのに、他の仕事など引き受けられるはずがないのです。僕は井上ひさしさんは大好きだけど、僕は井上ひさしさんじゃない、という訳の分らない呪文を唱えながら、義理と人情に目をつぶって貧乏に耐えながら仕事を断わっているのです。

そうなると敵も（だいたい編集者ですね）さるもの、ありとあらゆる手を使って仕事をＯＫさそうとするわけです。マネージャーのねちねち細川が僕の仕事を手配していることに目をつけ、細川を色じかけ、酒じかけで落とそうとします。「繊細なＢ型」という歩く絶対矛盾の自己同一のような細川は、半年前までは飲み屋三軒ハシゴで落ちましたが、さすがに今は、フィニッシュに寿司が入っても、フグさしが入らない限り落ちなくなりました。

そうなると、敵はもっとさるもので、この前、女性編集者から来た依頼の手紙には、Ｐ．Ｓ．としてこんな文章が書いてありました。

「高校時代、鴻上さんが大好きだった○○××は、私の親友です。」

恥ずかしながらラブレターを何度も送り、何度もフラれ、何度も電話をかけては1分で切られた、何するだ、おらこっぱずかしいべという忘れたくても忘れられない名前が、そこにはありました。僕は、お尻の穴がこそばゆくなる上に、お父さんのボラギノールをつっこまれたような気持ちのまま、手紙を握りしめて立ち尽していました。

「な、なんてヒキョーな手段だ！」

そう叫んだ僕は、その仕事を引き受けました。そりゃそうです。これで引き受けなければ人閉じゃありません。鬼畜です。僕は言いました。

「会わせてくれなきゃ、やよ」

仕事を信じられないくらいの速さで終わらせた僕は、彼女の待つ喫茶店へいそいそと出かけていきました。何故か、細川もついて来ました。

「いかん。鴻上一人行かしちゃいかん。ここはひとつ女性編集者と彼女、俺とお前のダブル・デートにしよう。うれぴー」

と、訳の分らないことを言いながら。

約束の時間に彼女は、40分遅れて来ました。それは昔ながらの彼女の儀式で、僕は高校時代、彼女を2時間待ったこともありました。4人でお酒を飲みつつ焼き鳥なんぞを食べつつ、時間は、あっと言う間に過ぎていきました。

彼女は、じつは前回『スワン・ソング』の時、初めて芝居を見に来ていたこと。花束を持っていたけれど自分の事を憶えてるかどうか分らなかったから渡さないまま持って帰ったこと。朝日新聞に書いた僕のコラムを読んで、新聞社に電話したけど住所は教えられないと言われたこと。などなどをぽつり、ぽつりと話しました。

なら、第三舞台の事務所に電話すればよかったのにという僕の発言に、それはそうなんだけどねと、小さく笑うだけでした。

11時になった時、細川は、何の気もきかせないまま、

「あー、今日は楽しかった。さ、帰ろ、帰ろ！」

と言い放ちました。

『いかん、それはいかん』と決意した僕は、

「二人でお酒を飲みませんか。それでも乃木坂あたりでは、あたしはいい男なんだってね」

と、満をじして言い放ちました。

が、彼女は、明日は、はやいからとお茶をにごしジャケットに手を通そうとするので、

「30分でどうだ！　30分！」

と言うと、

「30分なら」

とＯＫしてくれました。

「待て、鴻上！」

細川は言いました。

「これを持っていけ」

そう言いながら細川が僕に渡したのは、写真雑誌から身を守るための変装用のアポロ・キャップとサングラスでした。この気配り。彼は今、一人もんです。

場所をカクテル・バーにかえ、アポロ・キャップをかぶり高橋名人に変装した僕は、彼女と『ホテル・ニューハンプシャー』の話なんぞをしていました。

「愛はせつない」

などと鴻上がほざけば、

「んだ、んだ」と彼女が答え、

「ところで、つきあってる人はいるの？」と鴻上がつっこめば、

「さあね」と彼女がボケる。なんなんだよく分んねえじゃねえかという時間を過ごしていると、

「じゃ、30分たったから」

と言って彼女は席を立ったのでした。

しばらくして、その女性編集者から、原稿のお礼状がとどきました。

読者にも好評で、編集長も大変嬉んでいるという文章の最後に、また、P.S.として次のようなことが書いてありました。

「○○××も結婚が決り、大変嬉んでいます」

しばらくして僕は、彼女の家へ電話しました。僕の電話に彼女は、大変驚いているようでした。

「結婚するんだって？　おめでとう」

「どうもありがとう」

「で、式はいつなの？」

「明日」

「……」

高校時代の彼女は、何ものかにすがることを、はっきりと拒否しているように、当時の僕には思えました。それでいて、少しも無理を感じませんでした。

その当時、無理をしながら、すがることを拒否しようとしていた僕には、そんな彼女は、とても魅力的に思えました。もちろん、それは、とても不幸な出来事が、彼女をそう変えたからでもあります。僕は、その出来事を芝居にしたこともありました。

自立しようとしてすさんでいく人達や、すがってはいけないという決意が、すがりつく強さを増していく人達を見ながら、僕はずっと「一人で立ち続けること」を考えていました。

何かを信じないことが、もうひとつのすさみを生んでしまうのなら、そんな自立など意味がないのじゃないか。そんな友人を見るくらいなら。この考えに、もう一人の僕が言います。それは進歩ではない。後退なのだ。もう一人の僕が言います。それは進歩なのだ。

彼女の電話を切ったあと、僕は星空を見つめながら考えていました。眠れぬ夜をすごす人々と、彼女と、そして僕と。見上げれば、同じ星空があること。僕には、それが唯一信じられる何かのように思えたのです。

今日は、本当に、どうもありがとう。

ごゆっくりお楽しみ下さい。

鴻上尚史

ごあいさつ

［虚構の劇団版・２００９年８月　座・高円寺１］

昔からよくふられました（笑）。

と、（笑）をつけていますが、もちろん、その当時は大変でした。一人、中学二年間を思い続け、ずっとふられつづけた女性がいました。作家志望の女性で、いくつかの短編小説を書いていました。

僕も作家志望で、二人で作品を交換して読みあったりしました。あきらかに、彼女の作品の方が優れていると僕は感じました。

二年間で三回くらい告白したと思います。

そのたびに、きっぱりとふられました。最後にふられたのは、別々の高校に行く直前で、長文の手紙をもらいました。そこには、僕自身に対する厳しい批判が書かれていました。人を見下す偉そうな態度。自分に才能があると思い込んでいる姿。何かが分かっていると思い込んでいる愚かさ。

人生で初めてもらった厳しくも的確な批判でした。その手紙から、僕の性格と人生は変わりました。

今でも僕は大切にその手紙を保管しています。

その最後の手紙で、彼女は作家を目指すつもりはないと書いていました。

私には作家として書くテーマがないから、と。

去年の八月に僕は50歳になり、いきなり自由な気持ちになりました。

なんというか「やけくそポジティブ」とでも表現できる感情で「なんでい、50歳になっちまったじゃないか。あんなに、これから先、何が起こるんだ⁉って身構えていたのに。もう、過剰に守ろうとしたり、おびえたりする必要はないんじゃないか」と開き直る気持ちになったのです。

で、そう思うと「このまま人生を終わらせていいのか？　会いたい人に会っておいた方がいいんじゃないか？」という考えがムクムクとわいてきたのです。

そして、中学の時のあの女性に会いたいと決意したのです。

今年の正月に帰った時、かつてのクラスメイトに捜索を依頼しました。優秀な探偵となった友人は、あっという間に彼女のメルアドを手に入れてくれました。もっとも、全部で8人ぐらいの間を「鴻上尚史という人が○○さんの連絡先を知りたがっている」と伝わったようで、一歩間違うといきなり彼女に拒否されていたかもしれないと、後から冷や汗が出ました。

「会いませんか？」と突然送ったメールに彼女は、「うーん、つまり田舎のただのおばちゃんなのです。白髪まじりの小太り老眼、できれば昔の知り合いには会いたくはないなぁ、というのが正直なところ。と言って会えませんと、もったいぶるほどのことをもなく……」と書き、同時に僕が「50歳になって、自分の人生を考える」という文章に対しては、「お元気なのですか？　ちょっと気がかりです。」と心配してくれていました。その文章を見た時、「ああ、中学時代の僕は素敵な人に恋をしたんだ」と感動しました。

故郷の喫茶店で僕たちは再会しました。どんなに変わっているのだろうとドキドキしましたが、彼女は充分に魅力的でした。小太りとも言えず、田舎のおばちゃんでもありませんでした。中学時代の色白で、おでこが広く、瞳が輝いていた面影がはっきりと残っていました。

コーヒーを飲みながら、一時間半ほど、お互いの近況報告をし合いました。

彼女は、高校生の娘さんと中学生の息子さんがいました。

僕は中学時代に読んだ彼女の短編小説と彼女からもらった辛辣《しんらつ》な手紙の話をしました。が、彼女は笑いながら「もう忘れた」と返しました。

「どうして作家を目指さなかったの？」とやっと聞けました。彼女はやっぱり笑いながら「今でも本を読むのは好きだから」と答えました。

この『ハッシャ・バイ』という作品は、僕が28歳の時に書いたものです。

初演は23年前です。今回の上演にあたって、三分の一から半分は手直ししましたが、根本の部分は28歳の時に書いたものと同じです。

自分で言うのもなんですが、今、こういう作品はもう書けないと思います。評論的に言えば、この作品は、80年代の「自分探し」と「遊戯の演劇」を代表するものなのでしょう。

けれど、今回、上演しようと思ったのは、今にも通じるものがあると確信したからです。それはたぶん、この作品が持っているテーマだと思います。そして、テーマに対して、俳優がぶつからざるをえないようになっている構造も、今また、求められていることなのじゃないかと思っています。

挿入される無茶ブリなギャグも、「遊戯の演劇」だからではなく、「人生とは悲劇と喜劇が同時に存在し、その瞬間、その二つをきしみながら生きていくしかない」ということを表しているからだと思います。

喫茶店で中学時代の思い出を話しながら、彼女の娘さんは、自分の母親が中学時代、肩までの長い髪を揺らしながら、輝く瞳で微笑んでいたことを想像するだろうかと思っていました。

中学時代、母親に反発し、なんとか自立しようとし、それを作品に込めたことを、彼女の娘さんは想像するだろうかと思っていました。

その試行錯誤と作品は、誰が伝え、誰が受け継ぐのだろう。

今日はどうもありがとう。高円寺にできた新しい劇場で、ごゆっくりお楽しみ下さい。んじゃ。

鴻上尚史

登場人物

男1
男2
男3
男4
男5

女1
女2
女3
女4

＊序章に登場する看護師は、女1以外の女性が演じる。

序章

波の音が聞こえてくる。
男1がベッドに横たわる中年の女性の顔を見つめている。
（客席からはその女性の顔ははっきりとは見えない）
女性看護師が登場。

看護師　今日もお泊《と》まりになるんですね。
男1　ええ。
看護師　すみません。寝にくいでしょう、付《つ》き添《そ》い用のベッドって。
男1　いえ、もう慣れましたから。
看護師　本当にお母さんのことを大切になさってるんですね。
男1　いえ、逆です。
看護師　逆？
男1　今までずっと勝手なことしてきたっていうか……こんなことになって、初めて、もっと話せばよかったって思ってるんです。

看護師、寝ている女性の顔を見て、持っているバインダー付きの書類にメモする。

看護師　大丈夫ですよ。出血も止まってますし、脳のむくみもとれ始めてますから。もうすぐ意識は戻りますよ。
男1　……夢、見てるんでしょうかね？
看護師　夢？
男1　じっと寝顔を見てたら、微妙に表情が変わった気がして。
看護師　意識が回復した患者さんの中には、夢を見てたって言う方もいらっしゃいます。
男1　もしそうなら、長い夢ですよね。もう、二週間も寝ているんだから。
看護師　そうですね。
男1　あんまり長いと、どっちが現実だか分からなくなりませんかね。
看護師　夢は、きっと醒《さ》めますよ。

看護師、患者の顔を見た後、窓の外を見つめる。

男1 （モノローグ）母が脳出血で倒れた。母は、いつも元気だと思い込んでいた。最初の二日間は、会社を休み、一日中、母の寝顔を見ていた。三日目からは、昼間、働き、夜は泊り込んだ。何度呼びかけても、母は応《こた》えなかった。

看護師 窓、閉めましょうか？

男1 もう少し、波の音、聞いていたいんです。

看護師 明日も晴れるみたいですよ。

男1 はやく、この窓からの眺め、母親に見せたいです。

看護師 晴れると波に光が踊って、本当に綺麗《きれい》ですよね。

男1 （モノローグ）母は、いつも、「自分の母みたいな母親になりたくはない」と言っていた。いつかその意味を聞こうとずっと思っていた。……どんな夢を見ているのだろう。出血した脳は、それが夢だと分かっているのだろうか。

看護師 それじゃ。おやすみなさい。

男1 おやすみなさい。

看護師 なかなか、寝られないと思いますけど。無理にでも横になったほうがいいですよ。

男1 ええ。

看護師 ……波の音、聞こえてるかもしれませんよ。

男1 えっ？

看護師 そういう患者さんがいたんです。意識を失っていると思ってたのに、枕元での会話、覚えてた人が。

男1 そうですか……。

男1、ベッドに横たわった女性の顔を見つめる。

看護師 おやすみなさい。

看護師、去る。

男1 母の寝顔を見ながら、想像する。母が見ている夢を。そして、母の夢を探る探偵となった自分を。母の耳元で語り始めよう。こんなストーリーはどうだろう。私が探偵となり、母の長い眠りを終わらせる話だ。母の夢の中では、どんな物語になっているのだろう。

暗転。

タイトルが出る。

『ハッシャ・バイ』

音楽。

ベッドが消え、夢の物語が始まる。

第一章

トレンチコートを羽織り、ソフト帽をかぶった男1に光が当たる。見るからにオーソドックスな探偵の風貌にななっている。

男1　天の川の西の岸辺に腰を下ろし、冬の夜の銀の三角を探しながら、私は世界について考えていた。凍《い》てついた銀河の時代にも、流れ星は十分《じゅっぷん》に一度、星空を駆け抜けるという。この事実は人類に何を教えるのだろう。つまり世界は、十分に一度は願うことを許されているのだ。これはなぐさめでも神話でもない。いうなれば統計的事実というやつだ。世界は十分に一度は願うことを許されている。その奇妙な依頼人が現われたのは、そんな統計的事実の夜だった。

女1、光の中に浮かび上がる。

女1　いつも同じ夢を見るんです。
男1　人間とはそういうものです。何度諦《あきら》めても、いつも同じ夢を見る。
女1　いえ、その夢ではなく、寝ている時に見る夢のことです。
男1　寝ている時に見る夢？
女1　寝るたびに、いつも同じ夢を見るんです。ここ半年ほど。
男1　世の中で一番、恥ずかしい悩みはなんだかご存じですか？
女1　いいえ。
男1　自分が孤独であるという悩みです。この悩みを認めることはとても勇気がいるものです。
女1　あの、
男1　どうやら、来る場所を間違えたようですね。ここは病院じゃない。残念ですが、
女1　待ってください。お願いです。私は狂ってもいませんし、ノイローゼでもありません。
男1　**（優しく）**もちろんです。事実は存在しない。ただ、解釈だけが存在する。そういうことです。
女1　いえ、ひょっとすると、狂っているのかもしれません。ですが、これは、治療のお願いではなく、調査のお願いなんです。
男1　……お話をうかがいましょう。

女1　半年ほど前から、いつも同じ夢を見るようになったんです。

男1　同じ夢……。

女1　そうです。ですが、それは、同じ夢というより、なんて言ったらいいのか、その……分かりますか？

男1　分かりません。

女1　そうでしょうね。なにしろ、あまりに奇妙なもので、自分でもどう言ったらいいのか。とにかく、夢には、いつも同じ風景が出てくるのです。そしてある一人の女性を中心にして、人々はなんというか、生活しているんです。

男1　生活している!?

女1　そうです。私の夢の中で生活しているんです。それはまるで……

男1　もう一つの現実のように？

女1　そう、そうです。

男1　なるほど。

女1　この半年間、私はその夢だけを毎晩見てきました。うとうととまどろみ、夢の中に落ちて行けば、いつもの見慣れた場所、見慣れた人達と出会うのです。それ以外の夢は一切、見ることはできませんでした。

男1　まさか、別な夢を見たいなんていう依頼じゃないでしょうね。そんなことは、

女1　いいえ。そうではありません。

男1　では？

女1　その見慣れた風景の中に、私の大好きな場所があるのです。青々とした海に続く小さな砂浜。小石ひとつ落ちてない希望を敷きつめたような真っ白な砂浜。人々はいつも、朝日とともに、誰かれとなくその砂浜に集まり、一日の始まりを喜び合うのです。

男1　それで……。

女1　その砂浜の白さ、その海の青さ、その朝日の眩《まぶ》しさ。そして、なによりも、その女性と人々の輝き。それは、一度見れば、決して忘れられない風景です。

男1　話を手短に願えますか。ひょっとしたら、お力になれないかもしれません。

女1　すみません。ですが、これが、私に起こった奇妙な出来事を説明する最短距離なのです。

男1　……続けて。

女1　その人達を見続けて半年たちました。初めのうちは、なんとか原因を探ろうとしましたが、やがて諦めました。専門家の説明は説得力を感じませんでしたし、混乱した私を強制的に入院させようとした人もいました。しかたなく、私は治ったふりをして過ごしま

した。慣れてしまえば、それはそれでなんとかなるものです。私にとって、それは、まさに、存在しないもうひとつの現実になったのです。ですが……

男1　どうしました？

女1　ですが、ある日………ねえ、今から私がどんなことを言おうとも、信じて下さいますか？

男1　そのつもりですよ。

女1　ですが、ある日、信号待ちのほんの一瞬、骨董品《こっとうひん》店のショウ・ウィンドウを姿見《すがたみ》として、髪のほつれを直していた私は、そこに飾られていた一枚の奇妙な写真を見つけたのです。古ぼけたべっこうぶちの写真立てに入ったその写真をはっきりと見た瞬間、私は辺りはばからず絶叫していました。……その写真には、

男1　なんです？

女1　その写真には、私の夢が写っていたのです。

間。

男1　なんですって⁉

女1　その写真には、私の夢が写っていたのです。あの砂浜に立つ、あの女性が、あの人達が、はっきりと写っていました。

男1　………ということは？

女1　そうです。私の夢は実在したのです。もうひとつの現実は、存在したのです。

男1　まさか、私にその場所を探して欲しいなんて言うんじゃないでしょうね。

女1　そうです。

男1　え⁉

女1　お願いです。写真がある以上、あの場所は実在するのです。あの場所を、あの女性を探して下さい。

男1　そう言われても、

女1　私は狂っているのかもしれません。夢を見ているのかもしれません。ですが、そんなことはどうでもいいんです。私はあの砂浜に行きたいんです。あの女性に会いたいんです。

男1　しかし………

女1　お願いです。時間がないんです。

男1　時間がない？

女1　最後の夜、つまり、写真を見た夜の夢はいつもと違っていました。人々は、砂浜に集まってはいましたが、どこか険《けわ》しい顔をしていました。そして、私が大好きだったあの女性を取り囲んでいました。その時、彼女が私に言った言葉が、夢の終わりでした。

男1　なんて言ったのです？
女1　「助けて、殺される」
男1　………どうも、私の手にはおえそうもないですな。なにせ私の所は、零細《れいさい》の個人経営ですから。
女1　信じて下さらないのですか？
男1　何を言うんです。信じたからこそ、うちでは無理だと言ってるんです。
女1　お願いします。みんな断られたんです。これ以上、私にはどうしたらいいか、
男1　ええと、どこがいいかな。やっぱ、業界最大手のガル・エージェンシーかなあ……

電話の音。

男1、電話をとるアクション。

男1　はい、金田《かねだ》一《はじめ》探偵社。もし、もし。もし、もし！

男1、ゆっくりと電話を切る。

男1　引き受けましょうか？
女1　えっ？
男1　何か飲みますか？　詳しい話をうかがいましょう。
女1　ありがとうございます。
男1　この時間だと、もうビールですね。どうです？
女1　はい。もうノドがからからで……あの、でも、何故《なぜ》、急に？　いまの電話が何か？
男1　ええ。電話での甘いささやきに弱いんですよ。
女1　えっ？　何て言われたのですか？
男1　『助けて、殺される』

女1の顔がはっとする。

音楽！

第二章

出産間近、臨月のお腹をした男たち（男2、男3、男4、男5）が、かわいいマタニティードレス姿で踊りながら登場。

男1も、素早く着替えて登場。

ひとしきり踊っていると、途中で、男装の麗人の姿で女性たち（女1、女2、女3、女4）が登場して、一緒に踊る。

やがて、男装の麗人、去る。

と、男3、決めポーズで突然、倒れる。

男全　（**3以外**）（**驚きの悲鳴**）
男2　めぐみさん、大丈夫！
男3　みなさん、ちょっと休憩《きゅうけい》しましょうよ！
男4　ダメよ！　出産は体力勝負なのよ！　めぐみさん、体力、なさすぎよ！
男3　あたし、ちえみさんみたいに、田舎育ちじゃないし。米俵《こめだわら》なんて担《かつ》いだこともないし。
男4　ちょっと、それ、どういうこと？　めぐみさん、青森県、バカにしてる？
男2　じゃあ、五分間だけ休憩する？
男4　まりなさん、ダメよ。ここで妥協《だきょう》したら立派な母親にはなれないわよ！
男1　めぐみさんだけ休んで、あたし達は、次の曲やればいいじゃないの。
男4　なみえさん、あたし達『臨月《りんげつ》ダンサーズ』はチームなのよ！　チームは、練習も飲みも一緒って決まってるの！
男2　でも、あんまり無理して、破水《はすい》したらどうするのよ？
男4　踊ってる最中にすぽーんって出たら、最高の自然分娩《ぶんべん》じゃないの！
男1　でも、あんまり動きすぎて、練習で苦しいのか陣痛《じんつう》で苦しいのか分からなくなったら困らない？
男4　練習、足らないでしょう！　ただでさえ、めぐみさんがセンター取ったら、新宿二丁目のショウパブみたいな雰囲気になるのよ。
男3　ちえみさん、それ、どういう意味よ。
男5　（**お腹を触って**）あー、動いたー！
男全　（**5以外**）（**お腹を触って**）あー、動いたー！
男4　ほら、お腹の赤ちゃんも練習しようって、踊ってるじゃないの！

男3　どうしてそんな強引な解釈ができるの？　あたしの赤ちゃんは休みたいって、言ってるの。
男5　あたし、子供にはミュージカルスターになって欲しいのよね。
男1　のぞみさん、ミュージカル好きなんだ。
男5　見たこともないわ。どうして？
男2　……どんな人間でも母親になれるって、考えたらものすごいことよね。
男1・3・4　そうそう。
男1　子供が子供産むんですもんね。
男5　何言ってるの。子供は子供、産めないでしょう。なみえさんて、案外、バカ？
男全（5以外）　……。
男4　みなさんは、子供になって欲しい職業なんてある？
男2　べつにないわ。子供がやりたいことやればいいと思うから。めぐみさんは？
男3　あたしは体力ないから、そんな先のことは考えられないわ。今、考えているのは、お腹《なか》が空《す》いたってこと。
男2　あー！　また動いたー！
男全（2以外）　あー！　また動いたー！
男3　あー、産まれる！　産まれるわー！
男2　めぐみさん、ヒーヒーフーよ！　それっ！
男全　ヒーヒーフー！　ヒーヒーフー！
男1　産まれる？　産まれる？
男全　ヒーヒーフー！　ヒーヒーフー！
男4　出た？　頭、出た？
男全　ヒーヒーフー！　ヒーヒーフー！
男3　大丈夫。おさまったみたい。
男4　じゃあ、練習再開しましょうか？
男1　もうちょっと、待ちましょうよ。ちえみさんは、子供にどんな職業になって欲しいの？
男4　あたしはミュージカルスターなんて水商売はダメね。公務員か弁護士か医者か、
男2　受験勉強、大変よ、それ。
男4　がんばるわよ。塾の送り迎えに夜食、性の処理まで完璧にフォローするわ。
男3　あんまりやりすぎると、ダンナさんみたいに、超マザコンになるわよ。
男2　ダンナさん、マザコンなの？
男4　なに言ってるの。マザコンじゃないわよ。
男3　だって、仕事で落ち込むと、まず母親に電話するんでしょ。
男4　携帯電話、タダ友なのよ。

男3 ちょっと休みがあると、実家に帰るんでしょ。
男4 郷土愛《きょうどあい》が強いのよ。
男3 今までの彼女を全部母親に紹介しているんでしょ。
男4 社交的なのよ。
男3 それ、完璧なマザコンよ。
男4 違うわよ、ねえ、みなさん！
男全（4以外） マザコンよ。
男4 違うわよ！ マザコンってマザー・コンプレックスでしょう！ ダンナは、母親のこと大好きだけど、コンプレックスなんか感じてないもの！ 母親に対する異常なラブしかないもの！ だから、マザコンじゃないの。
男2 そう言われたら……
男1 マザーコンプレックスって、和製英語だから、英語の使い方が間違ってるのよ。
男5 和製英語？
男1 そう。ＯＬとかヴァージンロードとかと同じ、日本人が創った間違った英語。
男3 ちょっと待って。ヴァージンロードって英語じゃないの？
男2 そこに食いつく？
男1 そう。ヴァージンロードなんていう英語はないの。
男3 じゃあ、教会の神父さんまでのあの道を英語でなんて言うの？
男1 アイル（ａｉｓｌｅ）
男5 どういう意味？
男1 通路。
男3 通路!?
男1 外国で飛行機に乗る時に、座りたい席は窓側か通路側かって意味で「ウィンドウ・オア・アイル？」って聞かれるでしょ。あのアイル。
男3 なみえさん、それ、本当？ お芝居のセリフだからって適当なこと、言ってない？
男1 本当よ。マザコンもヴァージンロードも存在しない英語。
男3 じゃあ、誰よ！ 誰がヴァージンロードなんていうふざけた言葉を創ったのよ！ その単語のせいで、いったいどれだけの花嫁が後ろめたい思いであの通路を歩いたと思ってるのよ！ 責任者、出てこんかい！
男2 まあまあまあ。
男3 まりなさんは腹立たないの？ 処女が一番価値があると思っている日本人のバカ男がつけた名前よ、絶対！

男２　もう歩いちゃったんだからしょうがないじゃないの。
男３　歩いてないわよ！　ヴァージンロードなんか歩けないって、びびって落ち込んで、神社で日本酒飲んだのよ！
男１　めぐみさんは、思い詰めるタイプだもんねえ。
男２　飲も。ハーブティー、とことん飲も。全部、聞いたげる。
男１　よし、朝まで飲むかー！
男３　あー、産まれるー！
男全　ヒーヒーフー！　ヒーヒーフー！
男４　出た？　頭、出た？
男全　ヒーヒーフー！　ヒーヒーフー！
男３　大丈夫。おさまったみたい。
男１　じゃあ、飲みにいきましょ。
男４　ねえ、私のダンナの話はどうなったのよ。あたし、今、ものすごく中途半端な気持ちよ。
男２　どうして？　ちえみさんのダンナさんは、マザコン……じゃなくて、マザーラブだっていう結論が出たでしょ。
男４　だからなんなの？　なみえさん、いつもの雑学、ありがとう。で？
男１　で？
男４　マザーラブのどこがいけないの？　母親ぞっこんラブ。だめなの？　あたし、息子も絶対にマザーラブに育ててみせるわ。私は絶対に息子を手放さないんだから！
男５　ちえみさん。そんなこと言ったら、開き直ったみたいに聞こえるわよ。
男全（５以外）　……。
男２　なみえさんは、子供につかせたい職業なんてあるの？
男１　あたし？　あたしは出生届けを出さないでこっそり育てて、一流のテロリストにしてみせるわ。
男２　なにそれ？
男１　ゴルゴ以上の世界的テロリストね。儲かるわよお。
男４　さすがシングル・マザーは言うことが大胆ね。それが子供の幸せなの？
男１　冗談に決まってるでしょ。
男３　そうよ。一流になるかどうか、やってみないと分からないんだから。
男１　そういう意味じゃないわよ。テロリスト自体が冗談よ。
男２　稽古場で聞いた時は、爆笑したのよ。

男４　あたしなんか、冗談でもそんなこと言えないわ。あたしの母性本能が絶対にとめるわ。
男１　あら、母性本能なんて本能じゃないわ。ただの社会的刷り込みよ。
男４　また雑学？　どうもありがとう。
男３　どういうこと、なみえさん。
男１　あたしのは雑学なのよ。それ以上、聞かれても無理なものは無理よ。
男２　なによ、それ。
男１　ひろげるのはあなた達の仕事でしょ。あたしは一生懸命、種、蒔《ま》いてるんだから。
男５　母性本能じゃなくてさ、男の浮気って本能だと思う？
男全　（５以外）……。
男２　母性本能って言うと、産まれてきた子供をかわいいと感じるのが当然だと思われるのね。でも、かわいいと感じない人もいるはずなの。だから、本能じゃないっていう考え方もあるの。
男４　まりなさんはどう思うのよ。そんな学者みたいなこと言ってさ。本能だと思うの？　思わないの？
男１　だから、本能じゃないのよ。
男２　うーん。どっちの説も納得できる所とできない所があるのよね。
男３　もし、母性本能が本能なら、あたし、人間じゃないかもしれない。
男１　じゃあ、バケモノ？
男３　あたし、子供をかわいいと思える自信、ないの。
男２　産みたくないの？
男３　ううん。彼の嬉しそうな顔、見てたら、あたしも幸せな気持ちになるの。でも、それとこれは別。
男４　産んだら大丈夫よ。本能なんだから。
男１　本能じゃないと思えばいいのよ。そこから始めるの。
男４　それは違うでしょう。なみえさんこそ、子供、産みたいって思ってないんじゃないの？
男１　産むわよ。シングル・マザーでも、超マザラブ男よりも立派に育ててみせるわよ。
男４　なに、それ。私に対するあてつけ？
男３　あー、産まれるー！
男全　ヒーヒーフー！　ヒーヒーフー！
男４　出た？　頭、出た？
男全　ヒーヒーフー！　ヒーヒーフー！

と、不思議な音のチャイムが鳴る。

男全　（残念そうな声）
男2　もう時間なの!?　早くない？
男4　いっつもおしゃべりして、ちゃんと練習できないんだから。
男5　次こそはたっぷり稽古しましょう。

ゴーッという音がする。

男たち、慌てたように、

男2　それじゃね！

男たち（1以外）、素早く去る。
入れ代わり、女1、白衣を着て登場。

女1　いかがでしたか？

男1、マタニティー・ドレスを脱ぎ始める。下には、第一章で着ていたスーツ。
その上に、お腹を大きくするための詰め物がつけられている。

男1　（脱ぎながら）ええ。とても興味深いものでした。

女1　どんな気持ちになりましたか？
男1　母親ってなんだろうって、ずっと考えていました。
女1　それが狙いです。
男1　みなさんの参加の動機というのは？
女1　具体的にはさまざまですが、母親との関係の捉え直しですね。分かりやすく言えば、母親に関するトラウマを持っている人達ですから。
男1　なるほど。
女1　精神療法の一種なんですが、母親のたどった道を具体的に経験してみようというわけです。
男1　有効な治療なんですか？
女1　100％有効な方法というものは、残念ながら存在しません。なにが有効でなにがうまく働かないかは、やってみないとわかりません。
男1　分かりました。どうもありがとうございます。

男1、去ろうとする。

女1　来週の予約はどうしますか？
男1　えっ？
女1　（白衣を脱ぎながら）今日と同じ時間でいいですか？
男1　なんの話です？

女１　予約の時間ですよ。
男１　なんの予約ですか？
女１　治療ですよ、金田さんの。
男１　治療……なにを言ってるんですか。
女１　こういう精神療法にいきなり飛び込むんじゃなくて、そろそろお話していただけますか？　母親と何があったのか。
男１　えっ……というのが、昨日の夢ですか？

第三章

女1 そうです。あの写真を見た次の日から、ずっと夢を見なかったんです。それが、昨日初めて。
男1 ということは、二週間ぶりの夢ですか。
女1 金田さんが引き受けてくれたからかもしれません。久し振りに、少しは眠れましたから。
男1 少しは?
女1 なかなか、熟睡《じゅくすい》できなくて。
男1 ……この夢の舞台は病院ですね。なにか、心当たりはありますか?
女1 いえ。私が通ったどの病院とも違います。
男1 そうですか。とにかく、これからも、見た夢をなるべく詳しくノートにつけて下さい。
女1 はい。……**(苦悩の表情)**
男1 どうしました?
女1 いえ、最近、時々、頭が痛くなるんです。
男1 大丈夫ですか?
女1 **(うなずき)** でも、夢をノートに書くことがなにか手がかりになるんでしょうか?
男1 すべては夢から始まったんです。きっと手がかりは夢の中にあります。さあ、着きましたよ。
女1 ここは……
男1 そうです。写真を見た骨董品店ですよ。
女1 **(指さしながら)** ……金田さん。この写真立てです、古い鼈甲縁《べっこうぶち》の。でも、写真が入っていません。
男1 えっ!?
女1 写真がないんです!
男1 とにかく入ってみましょう。こんにちは!
女1 こんにちは!
男1 失礼しますよ。

男1、女1、店内に入る。
と、男4がまさに首を吊ろうとしている瞬間である。

男1 何をしてるんですか!?

男1、慌てて止めに入る。

男4 止めないで! 僕は死ななきゃ、ダメなんだ!
男1 いろんな事情はあるでしょう! 人生はつらい!

給料は安い。でも死んじゃダメなんです！

男1、男4を引きずり下ろす。

男4　どうして止めるんです⁉　いったい、僕の何を知ってるって言うんですか！

男1　知らないから止めてるんです。じゃあ、事情を聞きましょう。何故です？

男4　放《ほ》っといてくれ。

男1　どっちなんです？　知って欲しいんですか、欲しくないんですか？

男4　僕は死にたいんだよ。

女1　あの写真、どうしました？

男4　えっ？

女1　写真です。二週間前に、写真を売って下さいってさんざん、お願いしたじゃないですか。でも、売り物じゃないって。

男4の動きが止まる。

男4　……こんな状態の僕に質問するんですか？

女1　古ぼけた鼈甲縁《べっこうぶち》の写真立てに入っていた写真です。私を覚えていらっしゃるでしょう？

男4　いや、知らないな。

男1・女1　えっ⁉

女1　知らないって……何言ってるんですか⁉

男4　知らないものは知らないんだ。

女1　そんな……

男4　あなた、夢でも見たんじゃないの？

女1・男1　えっ？

男4　夢でも見たんだろ。

女1　夢……。

女1、混乱する予兆。男1、すかさず、

男1　まあまあまあ。人間の記憶なんてのは、じつに曖昧《あいまい》ですからね。死のうとして脳細胞が少しクラッシュしたのかもしれません。

男4　なんだ、あなたは？

男1　これは失礼しました。私、金田一《きんだいち》と書いて、金田《かねだ》一《はじめ》。金田一探偵社CEO・金田《かねだ》一《はじめ》です。

と、名刺を渡す。

男４　……探偵。探偵が何の用なんだ？
男１　写真、初めは売ってもいいって仰《おっしゃ》ってたんですよね。
男４　えっ？
男１　なのに、急に売り物じゃないって変わられたんですよね。どうしてです？
男４　その女が言ったのか。完全な作り話だ。フィクションだよ。
男１　高校の元教師っていうのは、フィクションじゃないでしょう？
男４　えっ？
男１　教師から骨董品店のバイトっていうのも、大変な人生ですよね。いえ、ちょっと気になったもので、前もってあなたのことを少し調べさせてもらったんですよ。
男４　おまえ……
女１　（驚き）金田さん……
男１　お店のオーナー、お喋り好きですよねえ。もう、70歳は越しているんでしょう。
男４　……。
男１　どうして死にたいんですか？　もしかしたらお力になれるかもしれませんよ。
男４　あんたには関係ない。
男１　写真についてお聞きしたいんです。
男４　写真はなかったんだよ。
女１　嘘です！
男１　ひょっとして、死にたい理由はあの写真と関係があるんですか？
男４・女１　えっ？
男１　関係があるんですか？
男４　写真なんかなかったんだよ！　なかったんだよ……。

男４、頭を抱えて苦しみ始める。

男１　大丈夫ですか？
男４　……。
男１　頭、痛いんですか？
男４　……あの写真はなんだい？
男１・女１　えっ？
男４　あの写真はどこなんだい？　写っているあの人達は誰なんだい？
女１　それは……
男４　あの写真はなんなんだ！

男1　どこから手に入れたか、教えていただけませんか？　そしたら、ゆっくり、写真についてお話します。
男4　……まとめて買った古道具のひとつだよ。ある会社の社長の遺品をまとめて引き取ったんだ。
女1　遺品……。
男1　住所は分かりますか？
男4　待ってろ。

男4、去る。

女1　元教師って……（それは？）
男1　人には誰でも、触れられたくない過去があるものです。
女1　えっ？
男1　生徒を一人、死なせてるんですよ。自殺だったらしいんですけど。
女1　金田さん。
男1　写真のためです。でも、彼の物語はここまで。私達が欲しいのは写真の物語です。

男4、ノートを持って出てくる。

男4　仕入れ台帳だ。森山という名前がそうだ。
男1　ありがとうございます。
男4　（女1に）あなたが、あの写真にあんなにこだわらなければ、僕だってじっと見ることはなかったんだ。教えてくれ。あの写真はなんなんだ？　あの日以来、僕はずっと同じ夢を、

突然、男4、ある一点に向かって返事を始める。
まるで、そこに誰かがいるかのように。

男4　はい。すみません。もう寝ます。はい、分かってます。いえ、なにもしていません。本当です。消灯の時間は分かっています。お休みなさい！

男4、走り去る。

男1　ちょっと待って！
女1　待って下さい！

男1、女1、追って去る。

第四章

女2、女3、女4、音楽とともに女子高生の格好で、登場。ただし、リアルな制服というより、どこか浮遊しているというか、現実感がない。ひとしきりの踊り。

女1も、素早く着替えて登場。踊り終わると机を持って来る。

女全　おはよー！

女3　それじゃあ、練習、始めるわよー。

女全　おー！

女3　いくわよー！　妹・奈津子が学校から帰ると、姉・晴子がトップスのチョコレートケーキを食べている所だった。

女1　むしゃ、むしゃ。おー、美味《うま》い。じつに、トップスのチョコレートケーキは美味い。

女2　ただいま帰りました。

女1　奈津子、あんたのチョコレートケーキもらったからね。

女2　それ、あたしのじゃありません。

女1　え？　じゃあ、これは……

女2　お母様のだと思います。

女1　げっ！　あんたのチョコレートケーキはどこよ？

女2　私の分は、昨日、お母様がお食べになりました。

女1　なんだって⁉

女2　私がチョコレートケーキを見ても、あまり嬉しそうな顔をしなかったので。お母様、お怒りになって。「おめえに食わせるチョコレートケーキはねえ！」って。

女1　じゃあ、このお皿の横に書いてあった「食べたら殺す」っていうメモは……

女2　お母様が書いたものです。

女1　殺されるじゃないの！　ママは言ったことは必ず、実行してきた人よ。どうすんのよ！

女2　頭の悪い妹に聞いても、ムダだと思います。

女1　そんな……奈津子、チョコレートケーキ、食べちゃったの⁉

女2　えっ？

女1　これ、ママのなのよ！　殺されるわ。でも、ちょうどいいわね。あんた、ママに愛されてないから、ママも殺しやすいわよ…って、ダメよー‼　あたし、ママにチョコレートケーキ食べてる写メ、送ってるわ！「チョコレートケーキ、バカうまっ！」って。

あたしってマジバカ！　なんてことしたの！

女2　どうして、そんなことしたんですか？

女1　メモ、書いたのあんただと思ったから、ママと一緒に笑うつもりだったのよ。

女2　そうですか……。

女1　奈津子、私と洋服を代えて。

女2　えっ？

女1　その古さのあまりテカテカ光っている布切れと、ブランド特注のスペシャルゴージャスな制服を交換しなさい。

女2　お姉様。

女1　幸い、あんたと私は、一卵性双生児で顔がそっくり。胸はあたしのほうがちょっとだけ大きいけど、あとは、体型もまったく同じ。あんた、あたしになって。あたしはあんたになるわ。

女2　そんな……。

女1　顔もあんたみたいに汚すわ。あんたは、一カ月風呂に入ってないその顔を洗ってもいいわ。さあ、はやく！

女3　姉・晴子は、妹・奈津子から無理やり服を奪い、交換し始めます。

女1、力づくで女2と服を交換する演技をスローモーションで始める。

女3　それを目撃していたのは、父親が飼っていた九官鳥のキュウコちゃんだけでした。

女4　そんなことしちゃうの⁉　それはダメでしょ！　いくら姉でもそれはまずいでしょ！

女3　けれど、人間の耳には、キュウコちゃんの声は、こんな風にしかきこえませんでした。

女4　「オハヨ！　オハヨ！　キュウコチャンダヨ！」

女3　けれど、懸命にキュウコちゃんは、九官鳥なりに、姉・奈津子を止めようとしました。

女4　「キュウコチャン！　ソラヲジユウニトビタイナ！　ソラヲジユウニトビタイナ！」

服の交換が終わる。

女2　お姉様。

女1　奈津子、分からないの？　あんたはママに愛されてないんだから。生きる意味なんかないでしょ。ママにさえ愛されない人間が、誰に愛されるの？

女3　そこに母親が帰ってきます。

女3、参加する。

女3　どいた、どいた、どいたー！　（女1を見て）奈津子！　食～べ～たわね～！
女1　私じゃありません。食べたのは、晴子姉さんです。
女3　おだまり！　あんたって娘は、姉さんの携帯まで使って、あてつけがましいのよ！
女1　写真、見たらお分かりでしょう。食べたのは、晴子姉さんです！
女3　（携帯を出すマイム）この写真、顔中汚れてるのは、奈津子、あんたそのものよ！
女1　それは、チョコレートです！　顔中に、チョコレートがついてるんです！　洋服、見て下さい！　ピカピカの新品じゃないですか。
女3　顔しか写ってないのに、洋服なんて分からないわよ。
女1　えっ？
女2　奈津子ったら、あたしの携帯、勝手に使ったのよ、ママ。
女1　えっ？
女2　ママのチョコレートケーキ食べたって、わざわざママにメールするのよ。ひどい当てつけ！　まともな人間のすることじゃないわ。
女3　……死んでもらうしかないようね。
女1　ママ、違うの！　あたしが、晴子なの！　奈津子と洋服替えて、顔を汚したの！　あたしが姉の晴子なの！
女2　奈津子、そんなお芝居みたいな話、誰が信じるの？　ママが、命の次に好きなチョコレートケーキ食べたのよ。死ぬしかないみたいね。
女4　「キュウコチャン！　ソラヲジユウニトビタイナ！　ソラヲジユウニトビタイナ！」
女2　ほら、キュウコちゃんも別れを告げてるわ。
女1　違うって、ママ！　私が晴子なの！　ママなら分かるでしょう！
女3　私は、赤ん坊の時から、あんたが嫌いだったのよ。
女2　かわいそうな奈津子。

女2、素早く女1の後ろに回ってはがい締めにする。
女3、女1の首に手をかける。

女1　ママ……。
女3　あんたはあたしにそっくりなのよ……
女4　「キュウコチャン！　ソラヲジユウニトビタイナ！　ソラヲジユウニトビタイナ！」
女2　さようなら、奈津子。

と、男4が登場。

男4　みんな、おは……だめだー！

男4、女1・女2を投げ飛ばし、女3をはがい締めにする。

男4　いじめはいかーん！　クラス全員、みんな仲良くー!!

女2　先生、違います！　練習です。

男4　練習？

女3　文化祭の劇の練習です。

男4　文化祭!?　本当か？　本当なのか？

女全　本当です！

女1　奈津子が書いたものを、恵美が演出してるんです！

男4　びっくりさせるなよ。でも、待てよ！　担任の私に言わないで、勝手に練習を始めたのか？

女4　恵美がとっとと始めようって。ねえ。

女3　私たちの力で大丈夫ですから。

男4　なんだー。先生も一緒になって、台本とか考えたかったのになあ。演出も、先生、できるんだぞ。

女3　大丈夫です。任せて下さい。

男4　そうかあ。なんだか、ちょっぴり、淋しいなあ。で、どんな話なんだ？

女2　すっごく強い母親に責められる双子の子供と九官鳥の話です。

男4　すっごい強い母親……。

女1・2　私たちは双子の話がいいって言ったんです。

女4　私は、あんまり無力なんで、急に病気になる鳥がいいって言ったんです。急患鳥《キユウカンチヨウ》です。

女3　私は母親の役がいいって言ったんです。

女1　で、奈津子が全部をひとつの作品にしたんです。

女2　ども。力業の奈津子です。

男4　……そうか。じゃあ、授業を始めるぞ。いいか？

女全　はーい！

男4　では、テキストを開いて。じゃあ、奈津子、読んでみるか？

女2　はい。『ある男が、世界に十二枚しかないフェニキアの小さなコインを買いました。三千年ほど前に作られた直径二㎝ほどのコインは、一枚で小さな島が三つ買えるほどの値段がしました。それでも、人々は安い買い物だと噂しあいました。その次の年、遠浅の海に潜ったダイバーが海底洞窟を発見しました。洞窟の中からは、海賊が隠したのか、三十個以上の壺が見つかりました。壺の中には、フェニキアの小さなコインがびっしりとつまっていました。コインの値段はあっというまに島を走る自転車ぐらいになりました。その男は、骨董品の価値は、虚構だと骨身に沁みました。寝ている時に見るのは夢。起きている時に見るのは虚構。虚構とは、起きている時に見る夢のことなのです』

不思議なチャイムが鳴る。

男4　もう時間か。では、今の文章の感想と、「虚構が起きている時に見る夢なら、夢はなんと定義するか？」を次の時間までに書いてくること。いいね。

女全　はーい。

女たち、去ろうとする。

男4　恵美。ちょっと、指導室に来なさい。

女3だけを残して、他の女たち、去る。

女3　なんですか？

男4　……どうして電話に出ないんだ？

女3　失礼します。

男4　待つんだ。

女3　もう、話すことはないですから。

男4　しょうがないんだ。

女3　そんな言葉、聞きたくないです。

男4　強い母親って、僕に対する皮肉か？

女3　なんのことですか？

男4　母親が言ったからじゃないんだ。僕もそう思うんだ。恵美はまだ若い。これから先、一杯、いろんなことが待ってる。

女3　私、家を出ます。

男4　えっ⁉

女3　先生との結婚を認めてくれないママを捨てることにしました。

男4　捨てるって……何言ってるんだ。親を捨てられるわけないだろ。

女3　捨てます。

男4　そんなことしちゃ、ダメだ。

女3　先生は、捨てられないんですか？

男4　何を言ってるんだ。

女３　捨てられないんですか？
男４　親は資源ゴミじゃないんだ。捨てるとか、捨てられないとか聞くものじゃないだろ。
女３　親は捨てられないけど、私は捨てられるんですね。
男４　捨てられるのか？　恵美は本当に母親を捨てられるのか？
女３　捨てます。絶対に捨てます。
男４　恵美。
女３　先生。二人で暮らそう。二人で小さなマンション借りて。私、バイトするから、
男４　そんなこと不可能に決まってるだろ。
女３　どうして！　やってみないと分からないでしょ！
男４　僕も恵美も、母親を捨てられるわけないんだ！
女３　捨てられるよ！
男４　無理だ！
女３　絶対に捨てる！

男１、登場。

男１　土屋先生、どうしました？
男４　あ、金田先生。いえ、テレビは粗大ゴミとして捨てられるって言うんですよ。家電は無理だって言ってるのに。
女３　捨てられます！

女３、走り去る。
男４、後を追う。

男４　待ちなさい！　捨てられるわけないだろ！
男１　……これが、昨日の夢ですか？

第五章

女1、登場。

女1　そうです。
男1　驚いたなあ。噂話とすごく似てますよ。
女1　えっ？
男1　骨董品店の彼が教師をやめた理由です。これだけのことを思いつくなんて、あなたの想像力もたいしたものだ。
女1　思いついたんじゃありません。夢見ただけです。
男1　それはそうなんですが。彼はあの後、行方不明です。今日は、骨董品店を無断欠勤しているそうです。
女1　そうなんですか……（頭を押さえる）
男1　どうしました？
女1　いえ。また、頭が……。大丈夫です。
男1　一昨日《おととい》も出てきたチャイムというのはなんでしょう？　妙にひっかかって。
女1　おそらく、
男1　なんです？
女1　私の家の目覚まし時計だと思います。
男1　なるほど。
女1　こんなのが手がかりになりますか？
男1　分かりません。さあ、つきましたよ。
女1　どこです？
男1　あの写真を売った社長の家です。
女1　！
男1　こんにちはー！
女1　こんにちはー！

男2、出てくる。

男2　留守だ。誰もおらん。
男1　あなたがいるじゃないですか。
男2　私はいないようなものだ。
男1　あの、ここは森山製薬の社長さんのお宅でしょうか？
男2　違う。
男1　えっ、しかし、以前は？
男2　そうだ。
男1　ということは？

男２　そうだ。
男１　それじゃあ、
男２　そうだ！
男１　つまり、
男２　そうだ。
男１　なるほど！
女１　（男１に）なんですって？
男１　分からん。
女１　（男２に）あなたが、今はお住みなんですか？
男２　そうだ。
女１　以前、お住みだった方をご存じありませんか？
男２　知らん。
女１　誰か、以前、お住まいだった方を御存知の方を御存知ありませんか？
男２　……（笑い）
男１　質問の意味が分かってないらしい。
女１　この辺《あた》りで、誰か、以前住んでいた人を知っている人はいないでしょうか？
男２　知らん。
男１　そうですか。
男２　失礼。

男2、引っ込む。

男１　隣の人に聞いてみよう。
女１　そうですね。

二人、反対側の袖に行く。

男１　こんにちはー！
女１　こんにちはー！
声（男５）　巨人、嫌いなんだー！
男１　いえ、新聞の勧誘じゃないんです。
声（男５）　あれ、ベランダに中華鍋、吊るしてるだけだから。
男１　いえ、ＮＨＫＢＳの集金でもないです。
声（男５）　おれ、サインしかしないんだ！
男１　いえ、統一教会の印鑑売りでもないです。
女１　すみません。
声（男５）　あ。チェンジで。
男１　いえ、デリヘルでもないです。
声（男５）　俺、俺、俺、
男１　考える前に出てきて下さいよ。
女１　お手間は取らせませんから。

声（男5）　めんどくさいなー。

男2、老婆の格好をして出てくる。

男2　誰だね。

男1・女1　あー！

男2　誰だねと聞いているんじゃ。

男1　あなたは？

男2　隣のウメじゃ。

女1　ウメ。

男2　人の名前を呼び捨てにするんじゃない！

女1　すみません。

男1　あの、隣の森山さんのことについて、お聞きしたいんですが。

男2　（突然、怯えて）知らぬ。何も知らぬ。わしは何も知らんのじゃあー！

と、男2、走り去る。

男1　ちょっと！

女1　待って下さい！　……なんなんでしょう？

男1　分かりません。……右隣にしてみましょうか。

女1　そうですね。

二人、反対側の袖に行く。

男1　こんにちはー！　こんにちはー！

女1　すみません！　どなたかいらっしゃいませんか？

男1　こんにちはー！　ちょっとお尋ねしたいことがあるんです。

女1　すみません！　お願いします！

男2、中東系の人の格好で登場。

男2　ダレデスカ？

男1・女1　……。

男2　オウ、ナニカ、ワタシニ聞キタイコトアリマスカ？　ワタシ、友好的ナイランノ人ヨ。ニッポンノ人トナカヨクナリタイノコトデス。デ、ナンデスカ？

男1　あの、お隣の森山さんのことについてお伺《うかが》いしたいのですが。

男2　オウ!!　ソレハムリダベノコトヨ！　ニッポンノヒト、セケントクウキ、大切ニシマスノコトネ！　言ッテハイケナイノコト、メニメニ、アルノコトネ！

イラン人モビックリヨー!!

男2、慌てて去る。

女1　……なんなんでしょう。

男1　この辺りには普通に会話できる人間はいないんでしょうか。

女1　まるで、夢みたいですね。

男1　？

女1　夢の中の登場人物みたいな。

男1　え？

女1　えっ？

一瞬、二人の間に妙な緊張が走る。

男1　もう一軒、左隣にしてみましょうか。

女1　ええ。

二人、反対の袖に行く。

男1　こんにちはー！

女1　こんにちはー！

男1　普通の人だったら、ちょっと話を聞かせてくれませんか？

女1　普通じゃなかったらいいです！

男2、珍妙な格好で出てくる。

男2　普通とはなんだ？

男1・女1　………。

男2　あらゆる価値が相対化し、確かなものなどなにもないこの時代に、どんな普通があるというのだ？（妙な踊りを踊りながら）普通とはなんだ？　それはどこにある？　芸術の敗北である〝普通〟を求めるお前たちは、どこにたどり着こうとしているのだ？

男1・女1　どうもありがとうございました。

男2　人の話を最後まで聞け！

男1　（無視して）森山さんの家にもう一度行ってみましょう。

女1　そうですね。

二人、反対側の袖に行く。
ドタドタと、舞台の後ろを走っている音が聞こえる。

男１　すみません！　もう一回、話を聞かせてもらえませんか？
女１　お願いします！

男2、とっちらかったままの状態で出てくる。

男２　いきなり来るの、やめてくれない？　こっちも大変なんだから。
男１　あなたは何がしたいんですか？
男２　自分でもよく分からないのよ。自分で自分のやってることをコントロールできないの。現実感がまったくなくて、まるで、
女１　まるで？
男２　夢みたいなんだ。
男１・女１　えっ。
男１　あなた、頭、痛くないですか？
男２　痛くはないね。息は上がってるけど。
女１　あなたは誰なんですか？
男２　あなたこそ、誰です？　どうして、森山社長のことを知りたいんですか？
男１　私は探偵です。彼女は依頼人です。じつは、森山社長のある遺品について知りたいんです。
男２　遺品？　……マスコミでも警察でもないのか？
女１　もちろんです。
男１　森山社長はお亡くなりになったんですね。
男２　ああ。
男１　他のご家族は？
男２　社長夫人も亡くなられた。
男１　！　……他にはご家族は？
男２　遺品とはなんだね？　どうして、遺品を調べてるんだ？
男１　それは……
女１　写真なんです。
男２　写真？
女１　古い鼈甲縁《べっこうぶち》の写真立てに入った、砂浜に立つ女性と人々が写っている写真です。
男２　……。
男１　骨董品店で、こちらの社長さんの遺品のひとつだと聞いたんです。
男２　どうして、その写真を調べてるんだね？
女１　それは……、
男１　その写真に、彼女の友達が写っていたんです。だから、どこでその写真を撮ったのか知りたくて、
男２　友達？

男１　（女１に）そうですよねえ。
女１　え、ええ……
男２　（急に）どこにいるんです！　その友達は！　会わせて下さい！　どこです！
男１　いえ、それが、その……、

男２、ポケットから手帳を取り出し、

男２　誰なんです！　名前は⁉　どこに住んでるんです⁉　なんて言う名前なんです⁉
男１　名前は、
男２　名前は⁉
男１　名前は、
男２　名前は⁉
男１　（思わず）ダニエル・ラドクリフ……
男２　……嘘なんだな。友達なんて嘘なんだな。（手帳をしまいながら）帰れ！　二度と来るな！
女１　その写真には、私の夢が写っていたんです。
男２　え？
女１　嘘をついてすみませでした。でも、本当のことを言うとかえって信じてもらえないと思ったんです。その写真には、私の夢が写っていたんです。
男２　夢……
女１　寝るたびに、いつも見ていた夢が写っていたんです。
男２　そんな……どういうことだ……何が起こったんだ……
女１　あの……
男２　……あなたは、この家に来たことはありますか？
女１　えっ？　いいえ。初めてです。
男２　確かですか？
女１　はい。
男２　本当にあなたの夢が写っていたのですか。
女１　はい。
男２　あなたは一体……
男１　……森山社長のご家族は他にはいらっしゃらないのですか？
男２　息子さんがいます。
女１　どこです！　その人に聞けば、写真について分かると思うんです。
男２　……場所をお教えする前に、彼について知っておいたほうがいいことがあります。
女１　なんです？
男２　彼は……超能力少年と言われていたのです。
男１・女１　超能力少年⁉

男２　私も夢のようなことを喋っていますね。でも、これは現実です。

女１　はい。

男２　もう二十歳を過ぎていますから、少年ではないですが。彼が少年の時、この国で何度目かの超能力ブームがありました。無責任なマスコミに煽《あお》られて、全国で何万という少年・少女たちが自分も超能力があると主張し始めました。実際、何人かの少年・少女たちはスプーンを曲げることに成功したようでした。ですが、理解不可能なものへの驚きが、理解不可能なものへの恐怖に変わった時、全国の少年・少女たちは、いかさまという言葉とともに、いずこともなく消えていきました。いつもすでに死んだものだけが大衆化されるのです。ですが、説明不可能の現実も確かに存在したのです。彼は間違いなく、そんな現実のひとつでした。

男１　……あなたは誰です？

男２　私はこの屋敷の管理を任されているものです。

男１　それで？

男２　今はそれしか言えません。そのほうが、たぶん、いいのです。（女１に）あなたなら、なんとかなるかもしれない。

女１　えっ？　それは、

男２　いいですか、彼がいる場所は、（と手帳を出そうとする）

と、看護師（女４）が登場。

女４　成田さん。ここにいたんですか。消灯の時間、過ぎてますよ。

男２　えっ？

女４　成田さん。急いで下さい。

男２　あの……

女４　成田さん。また、保護室に入りたいのですか？困りましたね。

女４、人を呼ぶアクション。

看護師の格好をした男５走って来て、女４と一緒に、男２を抱えて去る。

男２　ま、待て！　なんだ、これは⁉　待つんだ！

女１　金田さん！　どういうことです⁉

男１　そんな……ひょっとして、

女１　なんです？

男１　追いかけよう！　夢が現実の壁を崩し始めた！

二人、走り去る。

第六章

女2が、うさぎの格好をして登場。
手には大きなバッグ。
音を立てないようにゆっくりと歩いていると、女3もうさぎの格好をして登場。

女3 どこへ行くの、ハルピョン？
女2 ママピョン！ 許して。私、この巣を出ます。
女3 ハルピョンはあの狼にだまされてるのよ！
女2 ウルフさんのことを悪く言わないで！
女3 うさぎは、ただの愛玩《あいがん》動物じゃないのよ！ ヨーロッパじゃあ、食用なの。私たちは食べられるのよ！
女2 ウルフさんになら、食べられてもいいの！
女3 その食べられるじゃないの！ 本当に食べられるの！
女2 ママピョン、さようなら！
女3 許しませんよ！

男4、うさぎの格好で登場。

男4 ただいまー。今日は、いいニンジンが手に入ったぞー。
女3 パパピョン！ 止めて！ ハルピョンが、あの狼の所に行くって言うの！
男4 えー。ハルピョン、行くのか？
女2 はい。許して下さい。
男4 そうかー。まあ、しょうがないかー。
女3 何言ってるんですか！ 相手は狼なんですよ！
男4 まあ、でも、『あらしのよるに』の例もあるからなあ。狼がいつも狼だとは限らないから。
女3 狼は狼ですよ！
男4 ニンジン、食うか？ うまいぞ。
女2 ママピョン！ どうして私を信用してくれないの？ どうしてすべてを知ろうとするの？
女3 何言ってるんですか！ ママピョンが娘のことを知るのは当たり前でしょう！
女2 お願い、ママピョン！ ママピョンはママピョンの人生を生きて。もう、私を生きがいにしないで。
女3 なんです、その言い方は!? そんなにママピョンがジャママなの？

女2　献身的で傷つきやすいママピョン。ママピョンがあたしのためにしてくれたことに、本当に感謝しています。でもね、ママピョンにわがままを言ってしまったと自分を責めているのです。今この瞬間も、ママピョンを苦しめていると私は私を責めているのです。

女3　ハルピョン、何言い出すのよ！

女2　ママピョンは、あたしを支配しようなんて気持ちがまったくないまま、私を支配している。私は、ただただ申し訳ないと思って、ママピョンの支配を受け入れている。

女3　いい加減にしなさい！

男4　ニンジン食うか？　今日のはうまいぞ！

女2　このままだと、私はママピョンに対する怒りと自分自身に対する罪悪感で、死ぬかもしれない。うさぎは、ストレスにものすごく弱いの。

女3　そんなことは知っています！

女2　だから、ママピョン、ごめんなさい！　私はこの巣を出ます。

男4　うん、今日のニンジンはものすごくうまい！

女3　待ちなさい！　うさぎは淋《さび》しいと死ぬのよ！　本当に幸せになれるの？

女2　はい。

女3　うさぎは水を飲むと死ぬっていうのは迷信なのよ！　たくさん、ガブガブ、飲むのよ！

女2　はい。

女3　チョコレートは絶対に食べちゃダメ。ウサギは、チョコレートを食べると、

携帯電話が鳴る。

女2　はい。もしもし。

男5、狼の格好をして登場。

男5　ワオーン、ワオーン、ガルルルッ。

女2　うん。もうすぐ行く。ちょっと待ってて。

男5　クイーン、クイーン。ガルルルッ。

女2　**（電話を切って、女3に）**ウルフさん、一本杉の根もとで待ってるって。じゃあね、ママピョン。

女3　ダメ！　やっぱりダメ！　ハルピョンがママピョンなしでうまくやれるわけないじゃない！　ママピョンは絶対に許しませんよ！

女2　ママピョン……。

女3　ハルピョンのことはハルピョン以上にママピョンが知ってるんですから。

女2　じゃあ、ママピョンのことは？

女3　えっ？

女2　ママピョンのことは誰がママピョン以上に知っているの？　パパピョン？

男4　今日のニンジンはうまいぞ！

女2　それとも、ババピョン？　ババピョンがママピョン以上にママピョンのことを知ってるの？

女3　ババピョンは関係ないでしょ！

男3、うさぎの格好で帰ってくる。

男3　ただいま。ハルピョン、どうしたの？

女2　アニピョン、私、この巣を出るの。

男3　この巣の外は、地獄だぞ。

女2　そんなこと、絶対にない。

男3　じゃあ、ハルピョン、もし、地獄じゃない場所を見つけたら、知らせてくれるかい？　そしたら、アニピョンもこの巣を出るかもしれない。

女2・3・男4　えっ？

女2　はい。

男3　毛繕《けづくろ》い、してくる。

男3、去る。

女3　ハルピョン！　ママピョンは許しませんよ！　絶対に許しませんよ！

男4　ニンジン、食べるか？

女3　この巣を出て、狼と暮らす。そんな二つのことが一度にできるわけないじゃない。昔から言うでしょう。「二兎《にと》を追うもの、一兎《いっと》をも得ず」ご先祖さまが身を挺《てい》して教えてくれた真実よ。

女2　そして、ママピョンは泣き始め、私は罪悪感で動けなくなる。

男4　どうだ、ニンジン？　狼も食べるだろう。

女2　けれど、私はウルフさんに抱きしめてもらえれば、ママピョンの魔法はとけるだろう。でも、誰がママピョンを抱きしめる？

男4　今日のニンジンは、本当にうまいぞ！　うまいもん食えば、たいていのことはうまくいくんだ！

女2　誰がママピョンを抱きしめる？

女3　絶対に許しませんからね！

女2　……助けて。殺される。

ベルがけたたましく鳴る。
女1と男1が飛び出してくる。
女1は、白衣を着ている。

女1　そこまで！　あかりをつけましょう！

女4、看護師として登場。
女3を中心に、混乱している患者のケアをし始める。
女2の姿はいつのまにか見えなくなっている。

男1　この実験に、どんな意味があるんですか？
女1　言葉に気をつけて下さい。これは、実験ではありません。治療です。
男1　でも、（うさぎや狼を示して）こんな格好までして、
女1　それが、脱出のための方法なのです。
男1　脱出？
女1　この精神の牢獄《ろうごく》からの脱出です。
女3　すみません。少し、混乱してしまいました。
女1　あやまることじゃないですよ。大丈夫。途中まではとてもうまくいったと思いますよ。
男4　あの、私は……
女1　無力な父親をちゃんと体験できたでしょう？
男4　はい。
男5　ガルルルルッ。
女1　大丈夫。ゆっくり、言葉にしていきましょう。

ゴーッという音が聞こえてくる。

女1　さあ、治療の時間は終わりです。部屋に戻りましょう。
女4　さ、いきましょう。

男1と女1を残して、全員、去る。

男1　脱出できるといいですね。
女1　えっ？
男1　精神の牢獄から。
女1　そうですね。でも、本人の努力ではどうにもならないこともありますから。（白衣を脱ぎながら）脱出したいと思う強さが、余計、牢獄を頑丈《がんじょう》にすることもあります。
男1　なるほど。それでは、どうも、ありがとうございました。

女1 どちらへ？

男1 えっ？

女1 あなたの部屋はこちらですよ。

男1 えっ！　……というのが、昨日の夢ですね。

第七章

女1　そうです。
男1　なるほど。一日目が病院、二日目が学校、三日目がうさぎ……？
女1　家庭じゃないでしょうか？
男1　なるほど。奇妙ですね。
女1　ええ。
男1　しかし、もうすぐ、謎は解けるはずです。
女1　えっ？
男1　分かったんですよ。森山社長の息子の居所が。
女1　えっ!?　どこです？
男1　どこだと思います？　ある意味、意外な所です。
女1　どこです？
男1　精神科の病院です。

女4、看護師の格好で登場。

女4　なんの御用でしょうか？
男1　こちらに森山幸男《もりやまゆきお》という方が入院していると聞いたのですが。
女4　（書類を見ながら）はい、確かに入院なさっています。
男1　会わせて、いえ、面会したいのですが。
女4　ご家族の方ですか？
男1　いえ、知り合いです。
女1　お願いします。
女4　規則で、面会希望の場合は、あらかじめ書類で申し込んでもらうことになっているんですけど。
男1　すみません。急用なもので。
女4　困りましたね。
女1　ほんの五分ほどでいいんです。お願いします。
女4　待ってて下さい。師長《しちょう》に聞いてきます。

女4、去る。

女1　もうすぐですね。もうすぐ、写真の秘密が分かるんですね。
男1　ええ。
女1　でも、どうして、居場所が分かったんですか？
男1　昨日、あれから元社員の人を探したんです。専務の一人が知ってました。

女１　じゃあ、森山社長の屋敷にいた、あの奇妙な人は？
男１　見つかりません。夜、もう一度、あの屋敷に行ってみたんですが。
女１　そうですか……。

男１、窓を開けるマイム。
女１は、頭が痛いという顔。男１は気付かない。
波の音が聞こえてくる。

男１　いい場所ですね。穏やかな海を見ていると、自然と穏やかな気持ちになる。森山社長の死因、自殺だそうです。
女１　自殺……。
男１　社長夫人は事故死なんですが、その死因が不自然だと噂になったそうです。
女１　不自然……。どういうことです？
男１　まだよく分かりません。調べてみますす。……それはそうと、昨日の夢に出てきたベルなんですけどね、これが妙に引っかかって。なにか心当たりはありませんか？
女１　あります。
男１　なんです？
女１　目覚まし時計を変えたんです。チャイムからベルのタイプにしたんです。
男１　なるほど。

女４が登場。

女４　五分ほどで終わりますね。
男１・女１　は、はい！
女４　特別に許可するそうです。

男３が登場。スカートをはき、女性の格好をしている。

女４　森山さんです。
男１・女１　えっ……
女４　じゃ、五分ですよ。

女４、去る。

男１　森山幸男さんですか？
男３　あたしに何か用なの？
男１　ええ。
男３　あたし、あなたみたいな人、知らないわよ。

男１　ええ。初めてお目にかかります。私、こういうものので。

男1、名刺を渡すアクション。

男３　（なんとなく身構えて）探偵？　探偵が何の用なの？
男１　ええ、じつはお聞きしたいことがありまして。
男３　（ざらついて）何よ！
男１　いえ、大したことじゃないんです。
女１　写真についてなんです。
男３　写真？　あたし、写真て嫌い。カメラの前に立つと無理に微笑《ほほえ》んじゃうのよね。今を写すのが写真なら、どうして、人は微笑むのかしら。
女１　古い鼈甲縁《べっこうぶち》の写真立てに入っていた写真なんです。
男３　なんですって？
女１　一人の女性を中心にして、人々が真っ白な砂浜に立ち、朝日に照らされながら海を見つめている写真です。ご存じですね？
男３　さあ、どうでしょう……。
女１　覚えていらっしゃるはずです。それは、一度見たら、決して忘れられない風景です。
男３　急にそう言われてもねえ……
男１　お父様の、森山社長のコレクションのひとつだったはずです。思い出して下さい。
男３　……忘れたわ。
女１　そんな。
男３　ごめんなさい。忘れちゃった。
男１　ようく、思い出して下さい。
男３　そんなこと言われても、忘れたものは忘れたの。ごめんなさいね。力になれなくて。用件はそれだけ？
男１　えっ？　ええ。
男３　じゃあ、私、失礼するわね。
女１　お願いします！　思い出して下さい！
男３　知らないって言ってるでしょう。それじゃ。

男3、去ろうとする。

女１　私、あの写真と同じ風景を夢に見たんです。
男３　えっ？
女１　半年間、毎日、見た風景なんです。それが、あの写真の風景だったんです。
男３　なんですって……
女１　ところが、あの写真を見た次の日からぱったりとその夢を見なくなったんです。

男３　えっ？
女１　その写真を見た夜が最後でした。その時、一人の女性が私にこう言ったんです。「助けて。殺される」
男３　……あなた、いい加減なこと言ってたら許さないわよ。
女１　本当です。これは全部、本当の話です。
男３　どうして、どうして彼女がそんなこと言うの……
男１・女１　えっ⁉
女１　写真のこと、御存知なんですね！
男３　……。
女１　話して下さい！　お願いします！
男３　……。
女１　お願いします！
男３　……あの写真は、父のコレクションじゃないわ。あれは、私のものよ。
女１　あなたのもの⁉
男３　そう。
男１　どこで、どこで手に入れたんですか⁉
男３　手に入れてなんかないわ。
女１　正直に言って下さい。
男３　本当よ。
男１　どういうことです⁉
男３　分からない？
男１・女１　えっ？
男３　あの写真は、私が撮ったの。
男１・女１　！
男３　私が撮ったの。
男１　……あなたが、
男３　そう。
女１　どこです！　どこを撮ったんです⁉

女４が入ってくる。

女４　面会時間、終了です。
女１　待って下さい！
男１　もう少し、もう少しだけ！
女４　ダメです。特別の許可ですから。患者さんのためにも、これ以上の会話はご遠慮下さい。（男３に）さあ、いきましょう。

男３、少しためらい、そして、女４のあとをついて行こうとする。

女１　待って下さい！　私はあの女性を助けたいんです！

男3　（その言葉に足を止めて）助けたい？
女1　はい。
男3　どうして？
女1　どうして？　……私に助けを求めてるんです。私を必要としている、私に悲鳴を上げてると感じるんです。
男3　（女4に）もう少し、いいですか？
女4　すぐですよ。

女4、去る。

男3　彼女を助ける。約束してくれますか？
女1　は、はい。
男1　どこです？　どこを撮ったのです？
男3　場所は言えません。
女1　どうして⁉
男3　存在しないからです。
男1　存在しない？
女1　そんな場所はないと言うのですか？
男3　そうです。
男1　ありもしない場所を撮ったのですか？
男3　そうです。
女1　からかわないで下さい！
男3　からかってなんかいません。
女1　だって、そんなことは不可能です！
男3　不可能じゃありません。
男1　じゃあ、どうやって撮るのですか？
男3　念写です。

間。

男1　念写……。
男3　そうです。
男1　カメラに向かって、念じるだけでフィルムに写るという……
男3　そうです。
女1　そんなことって……
男3　かつて私がなんと言われていたか、ご存じですか？
男1・女1　！
男3　信じなくてもかまいません。ですが、これは事実です。
女1　じゃあ、どうやってあの女性を助ければいいのですか！　存在しない場所へなど行けないじゃないですか！

男３　けれど、あなたは約束してくれた。
女１　えっ……
男１　（はっと）その瞬間、何を念じたのですか？
男３　えっ？
男１　念写とは、その瞬間、何かを強く念じないと写らないのでしょう？
男３　もちろんです。はっきりと何かを思い続けない限り、決して、フィルムには写りません。それも、信じられないぐらいの強さで。
男１　何を、あなたは何を思い続けたのですか？
男３　……。
女１　言って下さい。
男３　私がその時、思い続けていたのは、
女１　なんです！
男３　新しい人類。

間。

男１　新しい人類……。
男３　または、人間に絶望した人間。
女１　どういうことです？　どうして、そんなことを思ったのですか？

男３、苦痛に顔を歪め始める。

男１　どうしました？
男３　……。
男１　頭が痛いんですか……
男３　（うなずく）
女１　森山さん、どういうことです？　なぜ、新しい人類を、人間に絶望した人間を思ったのですか？
男３　……忘れました。
女１　森山さん！
男３　約束ですよ。あの女性を助けて下さい。絶対に。

男３、走り去る。

女１　待ってください！

さっと、看護師の格好をした女４と男５が出てきて、道を塞ぐ。

女４　お帰りください。
女１　もう少し、もう少しだけ！
男５　お帰りください。

女4、男5、去る。
残される男1と女1。
暗転。ゴォーという音が聞こえてくる。それがそのまま、波の音になる。

第八章

女2が海を見つめるように光の中に現われる。そして、一歩、海に入ろうとした時、男5、女4が怒った顔が描かれた仮面をつけて現れる。

男5・女4　そこで何をしているんだ？

女2、びくっと歩みを止める。

女2　なにも。
女4　どうして、海に入ろうとしたの？
女2　別に意味はありません。
男5　そんなことはないだろう。意味のないことをするはずがない。
女2　あなた方だって、意味のないことをしているじゃありませんか？
女4　私達が何なのか、分かるの？
女2　怒り組《いかりぐみ》の人達でしょう。

男5　そうだ。でも私達のしていることは、意味のないことじゃない。私のやっていることは抗議なのだ。
女2　抗議？
女4　そう。終わりつつある世界への抗議なの。
女2　そうすれば、世界の終わりは変わるの？
男5　いいや。世界の終わりは変わりはしない。それは、事実だ。
女4　けれど、私達はその事実が許せないの。
女2　あなた達もそうなの？
女4　あなたも？　あなたも怒り組なの？
女2　いいえ。
男5　では嘆き組《なげぐみ》か？
女2　いいえ。私は世界の終わりが許せないというより、信じたくないの。
女4　これは驚いた。あなたは自殺組か。
男5　まだ残っていたとは。
女2　いいえ。そうじゃないわ。
女4　じゃあ、

遠くで人々の叫ぶ声がする。

男5　始まったか。

女4　急ごう。

男5　（女2に）あなたが、この世界から抜け出すために、海を渡ろうとしていたのなら、今ごろは、あなたを殺している所でしたよ。

女2　えっ……

女4　あの声を聞いたでしょう。何かを始めた誰かを、抗議する声です。

女2　何を始めたというのです？

男5　さあ、おおかた、新しいパンを焼くか、新しい家を建てるか、そんな下らないことです。

女4　世界は終わるというのに。

男5　気をつけるんだよ。泳いで海を渡ろうなんて素振《そぶ》りをみせただけで、私達はあなたを殺すから。

女4　もっとも、この海の向こうにはなにもないけどね。

女2　本当に？

男5　本当さ。もし、新しい大陸があったとしても待っているのは、やっぱり、世界の終わりだ。

遠くの声、また聞こえる。

男5　急ごう。ぐずぐずしていると、壊すものがなくなってしまう。

女4　ええ。気をつけるのよ。怒り組はいつも見ている。

女4、男5、去る。

波の音。

女2　いつまでも続く白夜のような黄昏《たそがれ》の中、私は一日中、海に向かい、波の音を聞き続けていた。世界の終わりが唐突に始まり、ゆっくりと近づいていた。人々のほとんどは、丘の上の時計台へ嘆きの集いに行くか、怒りとともに、世界の終わりに相応しい形に街を作り替え歩いていた。

女装した男3が現われる。

男3　何をしているの？

女2　なにも！

男3　今、海に入ろうとしていたのじゃなくて？

女2　いいえ、なにも。

男3　どこかで会ったことがある？

女2　えっ？

男3　なにか、とても懐かしい匂いがする。

女2　いいえ。

男３　そう……。一緒に海に入る？
女２　えっ？
男３　あなたがよければ、だけど。
女２　怒り組の人に見つかるわよ。
男３　私には仕事があるんだ。同じことよ。
女２　仕事⁉
男３　魚を採るんだ。終わりの時まで、美味《おい》しいものを食べたいという嘆き組の金持ちがいてね。持っていけば、代わりに肉がもらえる。
女２　でも、魚なんて、
男３　うん。採れそうにない。船はないしね。でも、海に入れば、なんとかなるかもしれない。
女２　そう。
男３　もちろん、私一人だと、そんなことはしないんだけど、
女２　えっ？
男３　家で母が待っている。
女２　そう。
男３　怒り組の人達にひどい傷を負わされた。とてもひどい傷なんだ。
女２　可哀《かわい》そうに。
男３　どうして、こんな世界になってしまったんだろうね。この砂浜も、この海も、以前はとても幸福だった。
女２　……。
男３　夢が、寝ている時に見る現実なら、この現実も夢であって欲しいと何度願ったことか。…一緒に海に入ろうか？
女２　でも、私は、
男３　あなたはなんのために？
女２　……抜け出すために。
男３　えっ？
女２　この世界を抜け出すために。
男３　本気かい？
女２　怒り組の人には言わないでね。
男４　誰に言ってもムダさ。嘆き組の人でも誰でも。知ったら、きっと、あなたを殺すよ。
女２　そうね。
男３　でも、どうやって抜け出すの？　海を泳いで渡るの？
女２　ここから遠くない海の底には、海底洞窟があるの。
男３　海底洞窟？
女２　意識のように揺れる海の底に海底洞窟があるの。息をこらえ、その海底洞窟を抜けるとたどり着くのよ。
男３　どこに？

女2　母のいない国。
男3　母のいない国……本当？
女2　私はそう信じてるわ。
男3　なんだ、事実じゃないのね。
女2　一緒に行く？
男3　えっ？
女2　母のいない国。
男3　私はダメよ。
女2　どうして？
男3　母が家で待ってる。
女2　それで？
男3　それでって、だからさ、
女2　一緒に行く？
男3　……。
女2　残念だなあ。あなたなら、一緒に行ってくれると思ったのに。
男3　どうして？
女2　あなたも、母のいない国に行きたがっているんでしょう？
男3　何を言っているの。母が家で待っているのよ。
女2　一緒に行く？
男3　……母のいない国なんて、行けるわけないわ！

男3、走り去る。
泣いている仮面をつけた男4、女3が現われる。

女3　すみません。
女2　はい。
男4　嘆き組の人達がどこにいるか、ご存じありませんか？
女2　丘の上の時計台ですよ。
女3　どうもありがとう。
男4　私たち、怒り組の人達から逃げてきたのです。
女3　とうとう始まったのです。
女2　えっ？
男4　いつかは始まると思っていました。破壊するものがなくなった私達に残されているのものは、私達自身ですから。
女3　カーニバルを開こうと思っているのです。
女2　カーニバル⁉
男4　このまま、世界の終わりを待つのではなく、嘆き組の人達に提案して、カーニバルを開こうと思っているのです。
女3　そうすれば、世界の終わりを忘れられるでしょう。

男4　忘れているうちに、世界が終われば素敵ですからね。
女3　あなたも一緒に行きませんか？
女2　えっ？
男4　カーニバルへ。
女2　でも、嘆き組の人達は参加するでしょうか？
女3　きっと参加してくれるはずです。とても、素敵な考えですから。
女2　だめなら、二人ででも開けるといいですね。
女3・男4　えっ？
女2　二人だけでも。
女3　そうですね。
男4　きっと開きます。

女3、男4、去る。

女2　私は一日中、砂浜に立っていた。そして人々の目を盗んでは、何度も、海に身を沈めた。そのたびに、押し寄せる波は私を、ごつごつとした絶望を敷きつめた砂浜に押し返した。ある日、年老いた女性が私に近づき、自分の最後を自分で用意するのはとてもいいことだと私に告げた。私の最後は、もう、夫によって用意されていると、その女性は言った。

私は、小さいころから母親というものを憎んでいた。それは誰でもない、私自身の母親のことだったのだけれど、今にして思えば、母親という個人を憎んでいたのではなく、母親という立場そのものを憎んでいたのかもしれない。その女性は、私の存在など無視して、そう波に向かって語り始めた。

私の母親に対する恐怖、それは母親という立場そのものの恐怖だったのだ。そんなことに気付かせてくれただけでも、私は世界の終わりに感謝している。世界の終わりが来なければ、私は私の終わりにも、気付かずにいただろう。そう語ったあと、そう思いませんことと、優しい笑顔を私に向けた。

私はまだ母親ではないですからと、波に濡れた髪をかき上げ小さく語れば、母親になろうとしてなる人はめったにいませんよ。子供がいようといまいと関係なくね。多くの人は母親にされるのです。と、女性はもうひとつの笑顔を私に向けた。

ところで、あなたは世界の終わりを受け入れてはいないのですか？　とその女性は唐突に話題を変えた。世界の終わりを拒否し、母のいない国を探しているのですかと、その女性は続けた。もしそうなら、もしそうなら、私はあなたを、許すことができない！

突然、怒りの仮面をつけた男2・3・4・5、女3・4が現れる。

全員（女2以外） そこで何をしているのだ！

女2 なにも。

全員（女2以外） 世界の終わりから脱出しようとしているな。

女2 いいえ、なにも。

全員（女2以外） お前は「母のいない国」を探そうとしている。

女2 えっ!?

全員（女2以外） 私はお前を許すことができない。

女2 どうして!?

全員（女2以外） 私が母親を許すことができないように、お前を許すことができない。

女2 どうして!?

全員（女2以外） 私はお前を許すことができない！

女2 ……助けて。殺される。

全員、女2に飛び掛かる。

暗転。

第九章

暗転の中、女1の声が響き、やがて明かり。

女1　金田さん！　金田さん！　金田さん！

男1、出てくる。

男1　どうしたんですか、朝っぱらから⁉

女1　夢ですよ、夢！　あの女性が夢に出てきたんですよ！

男1　えっ、あの砂浜ですか？

女1　それが……砂浜は砂浜なんですけど、どうも違うんです。

男1　違う？

女1　それから女装した森山幸男も出てきたんです。

男1　森山幸男も！

女1　金田さん。どういうことでしょう。私にはもう、何がなんだか。

男1　そうですか。それで、思い出せましたか？

女1　えっ？

男1　ほら。半年前、砂浜の女性を最初に夢に見た日は、何をしていたか？

女1　いえ、それが、別に。

男1　別に？

女1　普通の日でした。普通に会社に行った夜でした。

男1　そうですか。

女1　（苦痛の顔）

男1　頭ですか？

女1　ええ。大丈夫です。

男1　ひとつ分かったことがあります。

女1　なんです？

男1　再び見始めたあなたの夢にはある特徴があるのです。

女1　特徴？

男1　夢の舞台となった、病院、学校、家庭。これらは、すべて自立のためのシステムです。

女1　自立？

男1　そう。一人で立ち続けるためのシステムだったのです。ですが、その自立のためのシステムが、今は、抑圧のシステムになっている。

女1　抑圧のシステム。なるほど。じゃあ、砂浜は？
男1　えっ？
女1　砂浜。
男1　……よし、やっぱり、もう一度、行きましょう。
女1　どこです？
男1　病院ですよ。

女4、看護師の格好で現われる。

女4　お断りします。
男1　そこをなんとか。
女4　特例も一度だけです。これ以上は文書で申し込んで下さい。
男1　どれぐらいかかるんですか？
女4　申し込んでいただければ、その日から一カ月以内には、
女1　一カ月、とてもそんな、
女4　だいいち、あなた方に会ってからというもの、患者の精神的動揺が激しいんです。簡単には面会を許可できません。
男1　動揺が激しい？
女4　そうです。
女1　お願いです。会わせて下さい。
女4　お断りします。

女4、去りかける。

男1　（突然）ぐわあ！　へではれ、どかぼげ、ずんべろびっちゃ！
女4　どうしました？
男1　げこでれ、しべげて、ざごだれてんどこぶー！
女1　……金田さん、何をしてるんですか？
男1　入院するんですよ。
女1　は？
男1　入院したら会えるでしょう。
女1　あなた……リアリティのレベルが違いますね。
男1　感心してないで、さっ、一緒に！
女1　はい。ぐわあ！　ふぐむが、へでろげ、げろびっちゃ！
女4　大丈夫ですか？
女1　ずんどこ、ばりだか、ももんがぶー！
男1　まだ恥じらいが見えます！
女1　はい！　ばりぼべ、ずーげろ、ごじでぶへーこけ！
男1　つめちゃかでんもこ！

女1　てんけさだけでだ！
男1　しっりゃ！
女1　へっりゃ！
男1　あいあいたーもて！
女1　へこへこせーもて！
男1　べば！
女1　どげ！
男1　ずんべろびっちゃ！
女1　げろげろびっちゃ！
男1　（無茶苦茶）
女1　（無茶苦茶）

と、パジャマ姿の人たち（男2、男3、男4、男5、女3）楽しそうな仮面をつけて、意味不明の言葉を叫び、踊りながら登場。

女1　金田さん！
男1　やった！　危ない人が危ない人を呼んだぞ！

女4は、慌てて去る。

全員　（踊りながら）たいたぼんがー、へらまけまけそー。あいもうしけー、もりもうけねへー。しっりゃ！　へっりゃ！　へでげろたーもて！　ほりはれせーもて！　べば！　どげ！　ずんべろびっちゃ！　げろげろどっちゃ！　（無茶苦茶）
女1　（踊りながら）金田さん、あたし、生きてる！　狂おしいぐらい生きてる！
男1　（踊りながら）これが人生さ！　生きること、それは生き残ることじゃないんだ！
女1　（踊りながら）あたし、今、自由！　ものすごく自由！　気にすることなんか、何もない！
男1　（踊りながら）そのまま自由に身をまかせるんだ！　あなたを縛るものを放り出して、本当の自分になるんだ！
女1　素敵！　まるで夢みたい！
男1　えっ？
女1　まるで夢の中みたい！
男1　夢……

男1、踊っている仮面をつけた人たちを見る。

男1　そんな……そんな……これは夢なんかじゃない！　夢じゃないんだ！
女1　夢でもいい！　こんなに素敵な気持ちになるのな

ら、私、夢でもいい！

男1　違う！　夢なんかじゃないんだ！

踊っていた人達、突然、動きを止めて、

踊っていた人達　そうだ。これは夢じゃない。だが、現実でもない。

男1　えっ？

踊っていた人達　現実でもない。

その瞬間、風景がぐにゃりと歪み、男1、崩れ落ちる。

同時に、男3、仮面を取って女1の前に立ち、手を差し伸べる。

女1　えっ？

暗転。

声がする。

女1　金田さん、金田さん、金田さん！

明かりつく。

横たわっていた男1、がばっと身を起こす。

男1　えっ⁉　夢か⁉　俺の夢か⁉

女1　もうすぐですよ。

男1　なにが？

女1　なに言ってるんですか、森山幸男さんに会うんでしょう。

男1　えっ⁉

女1　もう、待ち時間に寝ないで下さいよ。特別の許可なんですからね。

男1　えっ……。

女4、看護師の格好で登場。

女4　だめです。患者はもう会いたくないそうです。

女1　そうですか。残念ですね。金田さん。

男1　え？　ええ……。

女4　どうしましょう、師長。

女1　しょうがないわね。ごくろうさま。

男1　えっ……師長？

女1　婦長でもいいですよ。看護婦が看護師になったから師長なんですけど、みなさん、なんだか言いにくそうで。

男1　そうですか。それでは、失礼します。

男1、去ろうとする。

女1　なにを言ってるんですか。ここはあなたの部屋ですよ。

男1　えっ……というのが昨日の夢ですね。

女1　いいえ。これは夢ではありません。

男1　えっ……。

女1　これは夢ではありません。ここはあなたの部屋ですよ。

男1　そんな……。

男1、動こうとした先に女4がたちふさがる。
振り向くと、反対の袖には、男5が現れる。

女1　それでは、私は失礼します。

男1　待って下さい！　これが夢じゃないなら、なんです！

女1　現実に決まっているでしょう。

男1　現実……。現実とはなんです？

女1　えっ？

男1　夢とは寝ている時に見る現実ですよね。覚えてないですか？　夢とは寝ている時に見る現実で、虚構とは、

女1　虚構とは起きている時に見る夢、です。

男1　そうです。じゃあ、現実とはなんなんです！

女1　現実とは、あなたが選んだ虚構です。

男1　私が選んだ虚構……。

女1　それでは。

男1　理由は、私が入院している理由はなんです？

女1　理由？　簡単なことですよ。

男1　なんです？

女1　自分を探偵だと思っていることです。

男1　！

男1、混乱する表情のまま、暗転。

第十章

声が飛ぶ。

男5（声）　待つんだ！
女4（声）　追いかけて！

明かりつく。
女2が飛び出す。

男4　どっちだ！
女3　逃がさないで！

男4、女3、砂浜の夢と同じ格好で飛び出てくる。
女2、別の方向に去る。
男5、女4も砂浜の夢と同じ格好で飛び出てきて、別な方向に走り去る。

女4　どこなの！
男5　探せ！
女4　急いで！
男5　逃がすな！

女2、飛び出てくる。
女装した男3が現れる。

男3　まだここにいるの？
女2　！

波の音。
女2、走り去ろうとする。

男3　大丈夫。私は味方だから。
女2　味方？
男3　まだここにいるの？
女2　！
男3　大丈夫。私は味方だから！　味方だから！

女2、走り去る。

暗転。

波音。

男３（声）　だめだって！　無理なんだから！
女２（声）　放して！　私は行くの！
男３（声）　だめだって！

明かりつく。
男３が、女２の腕を肩に回して歩いている。

女２　！
男３　気がついた？　もうちょっとで死ぬ所だったんだから。
女２　私……
男３　荒れた海に一生懸命潜って、息ができなくなって、それでも潜ろうとして、浮かんできた。意識、なかったよ。
女２　（戻ろうとする）
男３　どうしたの!?
女２　私は海底洞窟に行くの。
男３　そんなものは存在しないんだ。
女２　行くの。

女２、男３の手を振り払い、走ろうとしてよろける。

男３　無茶だよ。家でゆっくり休むといい。母に会えば、きっとあなたも落ち着くから。
女２　母？
男３　もう安らぎの場所は、僕の家しかないから。
女２　あなたは……
男３　あなたをどこで見たか、思い出したの。
女２　えっ？
男３　あの砂浜がとても幸福だった時代。あなたをずっと見ていた。
女２　その時、あなたはどこにいたの？
男３　とてもつらい場所。
女２　とてもつらい場所……。
男３　あんまりつらかったから、あなたのことも忘れようとしたの。
女２　それは……
男３　今日は海が荒れている。沖には白波が立っている。こんな海に入るのは自殺するようなものよ。
女２　うさぎが走ると言うらしい。
男３　うさぎ？
女２　砂浜に立っていたら、年老いた男性が教えてくれた。沖に立つ白波をうさぎというらしい。
男３　そう。さあ、着いた。

女2　どこ？

男3　僕の家。君が意識を失っている間に、運んできたんだ。僕、体力ないから大変だったんだ。

女2　……。

男3　母を紹介するよ。さ、入って。さあ。

女2　（動かない）

男3　そうか。君は「母のいない国」を目指しているんだものね。でも、大丈夫。僕のママはとても優しいんだ。ママ、ただいまー！　今帰ったよ！　さあ！

女2、一歩、入る。
そこが男3の家となる。

男3　ママー！　ママー！　いないの？　ママー！　おかしいな、どこに行ったんだろう。ママはね、とっても優しいんだよ。僕が実験に成功するたびに、いつもほめてくれるんだ。

女2　実験……

男3　ママの喜ぶ顔を見るとね、僕はもっともっとがんばろうって気持ちになるんだ。……ママ！　どこなの!?　ママ！　……怒り組だ！　怒り組の奴らがママをさらっていったんだ！　違う！　この場所は怒り組には絶対に見つからないはずなんだ。どこなの！　ママ！　ママー！

無表情の仮面をつけた女1、女3、女4、登場。声を合わせて、

女1・3・4　どうしたの幸男ちゃん。

男3　ママ、どこにいたの!?

女1・3・4　どこにもいかないわよ。ずっとここにいたわ。

男3　嘘だ。ママはどこかに行くつもりなんだ！

女1・3・4　行かないわよ。

男3　ママ、今日、僕、すごい写真を念写したんだ。

女1・3・4　写真？

男3　こんなにリアルなのは初めてだよ。ほら。

男3、写真を差し出すマイム。

男3　すごいだろ。念写とは思えない風景だろ。この砂浜に集まった人達はね、進化した人類でね、

女1・3・4　……恐ろしい。

男3　人間に絶望した……ママ、今、なんて言ったの？

女1・3・4　恐ろしい……。

男3　ママー！

男3、飛びかかるマイム。
女1・3・4、消える。

女2　大丈夫？
男3　……分かった。これは夢なんだね。
女2　えっ？
男3　この世界には、ママはいない。夢の世界にはママはいない。醒めなきゃ。醒めてママに会いにいかなくちゃ。ママに会わなきゃ。（女2）一緒に行かない？
女2　どこに？
男3　僕の世界に。
女2　それはどこ？
男3　安心して。どんなに遠くても、僕が連れていってあげる。僕にはそういう力があるんだ。
女2　えっ？
男3　一緒に行かない？　ママを紹介するから。さあ。
女2　どうして？
男3　えっ？
女2　どうして、そんなに私を誘うの？
男3　あなたに幸せになって欲しいから。
女2　幸せ……
男3　もうすぐ、もうすぐ僕の世界は完成するんだ。僕の世界にくれれば、きっとあなたは幸せになる。ママが絶対にあなたを幸せにする。さあ。

男3、女2に手を差し出す。
暗転。
混乱している男1の姿が浮かび上がる。
男2がモップで床を掃除しながら登場。
手帳を出してメモしようとして男1に気付く。

男2　あなたは⁉　おい！　しっかりするんだ！
男1　……（混乱している）
男2　しっかりしろ！

男2、男1をゆすり、声をかけるが男1の混乱が続く。

男2　しっかりするんだ！

男2、男1の顔をモップで拭く。
それでも、男1、反応しないので、男2、ペットボトルに入っている水を口に含んで、男1の顔にぷわーっと吹きかける。

男1　うわあ！　なにすんじゃい！
男2　よかった、意識が戻った。
男1　あなたは！
男2　大丈夫ですか？
男1　はい。でも、なんだか顔中、嫌な臭いがします。
男2　大丈夫。海水だと思えばいい。もう少し遅ければ、あなたは壊れていたかもしれない。

と言いながら、男2、持っているタオルを差し出す。優しい奴だ。

男1　（顔を拭きながら）あなたは誰です？　ここはどこです！　どうして、私はここにいるんですか？
男2　私達は森山幸男の意識に取り込まれてしまったのです。
男1　森山幸男の意識？
男2　（周囲を見回して）これは森山幸男が作った世界なのです。
男1　これは森山幸男の夢ということですか？
男2　夢ではありません。
男1　じゃあ、
男2　現実の反対語はなんですか？
男1　えっ？
男2　現実の反対語は夢だと言う人が多いでしょう。でも、英語で現実、リアルの反対語を考えたら？
男1　リアルの反対……フィクション、ですか？
男2　そう。フィクション、これは森山幸男が作り上げた虚構です。
男1　そんな……。

男2、男1の頭をぱこんと殴る。

男1　いてっ。
男2　痛いでしょう。
男1　痛いですよ。
男2　虚構だからです。夢なら、痛くないはずです。教祖の言葉を信じて、集団自殺する新興宗教の信者達は、虚構の世界に生きているのです。夢を見ているのではありません。
男1　なるほど。
男2　森山幸男の強力な精神エネルギーは、現実をねじ伏せ、虚構の空間を作ったのです。私達はその世界に取り込まれて、

と、男1、男2の頭をぱこんと殴る。

男2　いて。
男1　やっぱり、夢じゃないのか。
男2　……。
男1　いえ、夢と虚構の違いをどうしても確かめたくて。
男2　……そういう時は自分の頭で確かめて下さい。
男1　はい。
男2　もう一度、確かめましょうか？

男2、男1を殴ろうとする。

男1　あなたは誰です？
男2　……写真についてお話する時が来たようですね。
悪1　えっ!?　あなたは写真について知っているのですか！
男2　私はハイパーサイコロジスト、成田五月《なりたさつき》です。
男1　ハイパーサイコロジスト？
男2　超心理学者、つまり、超能力の研究家です。
男1　（はっと）じゃあ、森山幸男《もりやまゆきお》と、
男2　そうです。私は森山幸男の屋敷に一緒に住んで、彼の超能力が本物かどうか研究を続けました。
男1　研究……
男2　森山幸男は誠実な超能力者でした。その能力は、まだまだ不安定でしたが、間違いなく本物でした。けれど、彼の能力が力を増していくに従い、彼の周りには、すがりと憎悪の塊《かたまり》が切れ目なく押し寄せるようになったのです。
男1　すがりと憎悪……

男3の姿と、その周りに集まる人達（女1、女3、女4、男4、男5）が浮かび上がる。
男3は女装はしていない。
スローモーションの動き。すがる人達は「第八章」の砂浜に登場した時の仮面をつけている。ただし、女1はつけていない。

男2　打ち寄せる波のようにすがりと憎悪は続きました。すがったのは、彼の噂を聞きつけた不幸な人達です。あらゆる絶望が彼に手を伸ばしました。けれど、彼の能力では不治の病や親子の問題に奇跡を起こすことはできませんでした。彼を信じようとしてすがった人達は、やがて憎悪する側に回るようになりました。
男1　……。
男2　初めから、憎悪をぶつける人達を彼は理解できませんでした。彼には、あらゆる憎しみが集中しました。理解不可能なものへの恐怖、奇跡への嫉妬、底無しの悪意、欲求不満を吐き出す憎悪。彼は人々の憎悪とどう向き合っていいのか混乱したのです。

男1　混乱……。

男2　道はいくらでもあったのです。憎悪する人を憎悪し返したり、憎悪されることを諦めたり、憎悪される理由をでっち上げて納得したり、いくつかの方法を私は彼にアドバイスしました。私達はそうして生きているのだと。しかし、彼はどんな方法も選ぶことができませんでした。それどころか、彼は憎悪する人、一人一人を愛そうとしました。すべての人を愛そうとしたのです。

男1　そんな……。

男2　彼があの写真を撮ったのは、そんな時でした。

男1　えっ？

男2　それが、彼が選んだ憎悪に対する方法だったのです。

男1　どういうことです？

男2　何を念じたのだとたずねる私に彼はこう答えました。

光の中に、男3の姿だけが浮かび上がる。

男3　憎悪に溺れる人達は、人間ではないのです。

男2　人間ではない？

男3　人間だと思うから、身を引き裂かれるような哀しみを感じてしまうのです。人間ではないのです。いうなれば、進化に失敗したニセモノの人間なのです。

男2　ニセモノの人間⁉

男3　どこかにいるはずなのです。進化に成功した本物の人間が。私達は間違ってしまいました。ですが、どこかに、人間に絶望したからこそ、本当の進化に成功した新しい人類がいるはずなのです。

男2　それはどこに⁉

男3　今日、やっと見つけました。

男2　……そう言って、彼はあの写真を私に差し出したのです。

男1　なんですって⁉

男3　この人達こそ、新しい人類なのです。

男1　それはいったい、どういう意味なんです⁉

男2　それは……。

男3の姿、ふっと消える。

男2、苦悩し始める。

男1　成田さん！　どうしたんです！

男2　……言ったでしょう。これは彼の作った虚構の世界だと。彼に都合の悪い言葉をこの世界は許さないのです。

男1　どうして!?　今までちゃんと話せていたじゃないですか！

男2　(苦しそうに)　……彼が私達二人から目を離す理由があったのかもしれない。だから私はあなたとこの世界で出会えたのでしょう……。

男1　それは？

男2　(苦悩しながら)　分かりません。彼の精神エネルギーのフォーカスが何らかの理由で私達から離れたのです……。そして、また、彼は私達を……

男1　どうして、どうしてこれ以上、彼は語らせないんですか!?

男2　(苦悩しながら)　それは……あの写真こそ、彼の母親殺しの動機だからです！

第十一章

音楽！
女装した男3を中心に、白衣を着た女1、看護師の格好をした男5、女4が登場。
その周りに男4と女3。男4は、第三章の時の服装。女3は私服。
男2、苦痛が止む。
男1、男2、登場した人達を思わず見つめる。

女1　気分はどうですか？　成田さん、金田さん。……
さあ、レクレーションの時間ですよ。

優雅な音楽とともに、男女ペアのボールルームダンスが始まる。
男1は女1に誘われ、男2は男3に。男4と女3、女4と男5のペア。
優雅に非現実的にペアのダンスは続く。

男3　（男2と踊りながら）成田さん。ごめんなさい。
男2　えっ……
男3　私、成田さんにずっと謝ろうと思っていたんです。
苦しかったでしょう。私の無理なお願いが、成田さん
もあの子も苦しめてしまった……。
男2　あの子……。
男3　私、幸男の能力を認めてあげればよかったと深く
反省しているんです。
男2　……森山さん。
男3　いつものように弥生《やよい》と呼んで下さい。
男2　弥生さん……
男3　でも、幸男を愛していたからなんです。幸男もい
つかきっと、分かってくれると思います。
男2　そうですね……。
男3　成田さん、本当にありがとう。

男3、男2にキスをする。

男3　ここであなたと暮らせるようになって、私、本当
に幸せです。

男2と男3、踊りを続ける。

女3　（男4と踊りながら）決心、ついた？
男4　いや……

女３　どうして？　あたしのこと、昔好きだった人と似ているって言ってくれたじゃない。嘘だったの？
男４　本当だよ。本当によく似ているんだ。驚くぐらい。
女３　大丈夫。あたしたち、きっとうまくいくから。そしたら、あたし、今度こそ、ママと話すんだ。
男４　えっ？
女３　ママと恋愛の話するのが、あたしの夢なんだ。友達みたいに、楽しく。……土屋さんは、母親と恋愛の話、する？
男４　いっぱいしてきた。しすぎてきた。
女３　えっ？

男１と女１、踊りながら、

男１　私が誰だか分かりますか？
女１　金田さんですよ。
男１　あなたは、私に調査を依頼したんですよ。
女１　そういう夢を見たということはないですか？
男１　夢じゃありません。本当にあなたは私に、
女１　（優しく）そうですね。そうだったかもしれません。
男１　じゃあ、あなたは、いつから看護師をやっているんですか？
女１　看護学校を出て、すぐですよ。
男１　その若さで師長っておかしいと思いませんか？
女１　人手不足と偶然が重なったんです。すみません。私みたいな経験不足が師長をやっていて。
男１　いいですか。この世界は、（急に頭を抱える）……。
女１　どうしました？　金田さん、大丈夫ですか？
男１　この世界は……（苦悩する）
女３　師長さん。砂浜に行きませんか？
女１　いいですね。（遠くを見て）母なる海も穏やかで、心から安らげるでしょう。（男３を見て）行きましょうか？
男３　ええ。行きましょう。成田さん。素敵な砂浜ですよ。さあ。

男３、男２の手を取り、去る。
女３、男４の手を取り、去る。
男５、女４が続く。
動こうとしない男１を、女１が導く。

女１　さあ、金田さん、行きましょう！
男１　この世界は、いったい、この世界はなんなんです？
女１　分かりませんか？　ここは、母親に傷つけられた人が集まる場所です。

男1　母親に傷つけられた人……。
女1　そして、母親と本心から仲直りするための治療を受ける場所です。さあ。
男1　（動かない）
女1　金田さん。森山さん達が待ってますよ。
男1　（頭が急に痛くなる）うっ……。
女1　砂浜に出れば、きっと痛みはなくなりますよ。
男1　えっ……。
女1　さあ。

女1、男1を誘う。

男1、よろよろとついていく。

誰もいなくなる。

と、女2が飛び出てくる。

驚いた顔で周りの様子を見る。

やがて、人々が去った後を追って去る。

波の音。

そこは砂浜となる。

女1と男3を先頭に、男1・男2・女3・男4・男5・女4、が現われる。

全員、海を見つめ、女1、突然、海に向かって拍手を始める。

すぐに男3も拍手。続いて、男5、女4、男4、女3も熱烈な拍手。

同時に、声にならない声で叫ぶ。唇が「ママ、ありがとう!」「ありがとう、かあちゃん!」「ありがとう、かあさん!」と読める。

男3、振り返り、拍手をしていない男1、男2を見る。突然、頭が痛くなる男1・男2。しょうがなく拍手を始める。

と、人々の後ろに女2が現れる。

女2、誰にも気付かれず、この風景を見る。

女1　（拍手をやめるように制して）母なる海に伝えた言葉。間違いなく、みなさんの母親に届くと思いますよ。
全員（男1、男2以外）　はい。

女2、女1の後ろ姿を見てハッとする。

女1　私はある男性との交際を母親に反対されたことがありました。私は反発して家を飛び出しました。やがて、その男性は、母親の予言通り、私にひどいことをして去っていきました。母親の言葉に従っておけばよかったと、今、本当に後悔しています。
女4　私も、ずっと私を無視していた母を憎んでいたことを、今、とても後悔しています。
男5　あの、だから、つまり、そういうことで、うまく言葉できませんが、僕もです!
女1　さあ。母なる海を前にして、静かにあなたの母親に話しかけて下さい。誰が孤独で淋しい母親を抱きしめる？　それはあなただけができることなのです。

それぞれ、思い思いの格好で目の前にいるはずのそれぞれの母親と話し始める。

女2も、身を隠し、女1のことを見つめる。

女3、女1の所に来て、

女3　師長さん。あたし、土屋さんと一緒の部屋で暮らしたいの。いいかな？

女1　土屋さんと決めたのですか？

女3　はい。

女1　お母さんはなんて言ってるんですか？

女3　それが……声が聞こえないんだ。反対したら、また、あたしに刺されるって怯《おび》えてるのかな。

女1　そうですか……。

女3　でも、今度は絶対に賛成してもらうから。きっとうまくやるから。

女1　分かりました。おめでとうございます。

女3　ありがとう！

女3、女1から離れる。

男3、男2に寄り添い、

男3　本当に穏やかな海……。

女1、男4に近づく。

女1　（**男4に**）洋子さんと一緒に暮らすことにしたんですか？

男4　いえその……師長さん。母と恵美がケンカをやめないんです。

女1　えっ？

男4　この場所で洋子と出会って、洋子のことを好きになればなるほど、母と恵美の声がどんどん大きくなって。もうどうしたらいいのか……

女1　大丈夫。ゆっくりと母親と仲直りしていきましょう。

男4　母と仲良くなればなるほど、恵美の声が大きくなるんです。…師長さん、僕はあの砂浜に行きたいんです。

女1　あの砂浜？

男4　あの理想の砂浜に行けば、きっと、母と恵美と仲直りできると思うんです。

女1　ここが理想の砂浜ですよ。ここが土屋さんが母親と仲直りする砂浜です。

男４　違います！　ここは理想の砂浜じゃないんです！

小さくゴオーッという音が聞こえてくる。

女３　土屋さん。

男４　僕はあの砂浜に行きたいんです！

女１　大丈夫。なんでもないわ。

女４　師長……。

女３、男４の側に駆け寄る。

同時に、もう一度、ゴオーッという音。少し大きくなっている。

男２　この音は？

男３　たぶん、海鳴り。

男２　海鳴り。

急に風景が暗くなる。

女１　さあ、戻りましょう。まもなく日が暮れます。

男４　師長さん。僕は……。

女１　大丈夫ですよ。

女１、目で女４を呼ぶ。

女４、すぐに女３と一緒に男４を導いて去る。

他の人達も女１以外は去る。

女１に明かり。

第十二章

女1　さあ、美味しい食事と楽しい自由時間が終わりました。消灯の時間です。おやすみなさい。母の温もりにも似た夜は、静かな微笑みとともにあなたを迎えることでしょう。眠りたいだけ眠ることです。この幸福な日々は永遠に続くのです。傷つけることも傷つくこともない、母なる大地に身をゆだねましょう。

暗転。
声が聞こえてくる。

男2　金田さん！　金田さん！
男1　成田さん！
男2　よかった。とりあえず、会話はできますね。
男1　どうしたら、どうしたらこの世界から脱出できるんです！
男2　分かりません。虚構の世界にいて、虚構の世界を打ち破る方法なんて聞いたこともありません。

ほんのりと明かり。
明かりで区切られた二つの部屋それぞれに、男1と男2がいる。

男1　ここは病室ですか？
男2　そうですね。
男1　**（マイムで触りながら）**見えない鉄格子……。
男2　この世界を受け入れたら、鉄格子もなくなるんでしょう。
男1　そんな……。森山幸男はどうしたんですか？　様子が違いますよね。
男2　ええ。
男1　キスしましたよね。
男2　えっ？
男1　踊っている途中で、森山幸男は成田さんにキスしましたよね。どうしてです？
男2　見てた？
男1　見てた。
男2　彼は今、完全に森山幸男の母親になっているんです。
男1　母親に。
男2　詳しく説明し始めたら、間違いなく、頭が割れるように痛くなりますからパスしますよ。

男１　いえ、想像できます。自分が母親になれば、母親は死んでないことになる、ということですね。
男２　するどい。さすが、探偵。
男１　でも、どうしてキスなんです？
男２　私は母親に頼まれて、森山幸男にもう自分には超能力がなくなったと思い込ませようとしたのです。
女３　土屋さん。そっちに行ってもいいかな？
男４　ダメです！

男1と男2のさらに両サイドに光で区切られた空間が現われる。女3と男4がそれぞれの部屋にいる。男4は、写真を見ている。

男１　どうして？
女３　どうして？
男２　母親が望んだのです。超能力者としてではなく、普通の子供として生きていくほうが幸せだと考えたのです。
男４　ごめんなさい、洋子さん。僕はあなたが好きです。だからこそ、ダメなんです！
男１　でも、超能力がなくなったなんて思い込ませることが可能なんですか？
女３　どうして！
男２　ＥＳＰカードや数字当てを、ことごとく外れていると嘘をつくのです。でも、やがて、彼は私のトリックを見破りました。
男１　なるほど。で、どうしてキスなんですか？
男２　聞きたい？
男１　聞きたい。
男２　そうやって、母親の相談相手を務《つと》めているうちに、越えてはいけない一線を越えてしまったのです。
男１　は？
男２　私は熟女好きなのです。
男１　あの……
男２　越えてはいけない一線を越えて、一戦を交えてしまったのです。森山幸男にはバレてないと思っていたのに、いやあ、参りました。ひょっとして、自殺した父親も知っていたのかもしれません。
男１　それ、けっこう、深刻なことじゃないですか？
男２　本当に深刻なことは、陽気に伝えるべきなんです。人生が重くシリアスだと知っている人は、深刻ぶったりしないでしょう。
男１　名言ぽい言い方で、なんか、ごまして［sic］ないですか？
男２　するどい。さすが、探偵。
男１　成田さん。

女３　土屋さん。
男２　同情が愛に変わったのです。弥生さんは本当に孤独でした。孤独な熟女を金田さんは放っておけるんですか？
男１　森山幸男は母親を殺したんですか？
男２　転ぶはずのない廊下で転び、階段を不自然な格好で落下しました。直接、手を下さなくても、死という意識があったはずです。
男１　……成田さん。今、私達は話してます。
男２　そうですよ。私が説明してるんですから。
男１　違います！　森山幸男にとって都合の悪い話をしながら、頭が痛くなっていません！
男２　そんな……。そうか！　また、森山幸男の意識が別の何かにフォーカスされているんです。
男１　それはなんです!?
男２　分かりません！
男１　…少しは考えたらどうです!?
男２　ずっと考えてますよ。でも分からないんです。考えすぎて、もう脳が働かないぐらいです！
男１　自慢してどうするんですか！
女３　土屋さん！
男２　大丈夫。少し寝れば、脳は回復しますから。
男１　頼みますよ。ハイパーサイコロジストなんですから。**（はっと）**寝る……寝る……成田さん、ひょっとして、
男２　なんです？
男１　森山幸男は今、寝ているんじゃないですか？
男２　えっ？
男１　だって、いくら虚構の世界に住んでいても、睡眠は必要でしょう？　それに、この虚構の世界を維持するためには、
男２　ものすごい精神エネルギーが必要です。その上、
男１　なんです？
男２　森山幸男は体力がないんです！　**（手帳を取り出し）**実験の後はいつも、熟睡していました。そうか、今、
男１　だから、頭が痛くならないんですよ！　森山幸男は寝ているんだ！
男２　で？
男１　で？
男２　だからどうしたらいいんでしょう？
男１　ひろげるのは、ハイパーサイコロジストの仕事でしょう。私は一生懸命、種を蒔いたんだから。
男２　うーん。
女３　土屋さん！　土屋！　答えてよ！　どうしてダメなの！

波の音。

別空間に女2が現われる。

（男1・2・4、女3の姿は、うっすらと見えている）

海を見ている。

女装した男3が現われる。

男3　すみません。あなたは幸男のお友達なんでしょう？

女2　えっ？

男3　幸男に頼まれました。私の世界に招待するようにって。母親に傷つけられた人が集まる砂浜の側《そば》の家に。

女2　……。

男3　あなたも、同じ傷を持っているはずだからと。

女2　あなたは？

男3　幸男の母親です。幸男はあなたに会いたがっていましたよ。ずっと、待っていたと言っていました。

女2　……。

男3　さあ、行きましょう。私について来て下さい。

女2　……。

男3　急いで下さい。私は、あまり長くこの世界にはいたくないのです。

女2　どうして？

男3　この世界は、あまりに不安定だから。

女2　不安定。

男3　自分でコントロールできない世界は、怖いから。この世界は、

女2　夢だから？

男3　そう。さあ、不安定な夢の世界から完璧な安らぎの世界へ。

女2　やっぱり、夢なんですね。私は夢の中に生きているんですね。

男3　知らなかったのですか？

女2　私にとって、この世界は現実ですから。

男3　夢とは、寝ている時に見る現実だという言い方もありますから。

女2　じゃあ、虚構は？

男3　えっ？

女2　虚構とはなんです？

男3　虚構とはたしか……起きている時に見る夢です。

女2　起きている時に見る夢……だから私は、あなたの世界に行けたのでしょうか。

男3　えっ……さあ、急いで。だんだん、私が不安定になっていく。

女2　えっ？

男３　私が私でないような。私が私でなく幸男のような。ありえない気持ちになっていくから。さあ。
女２　私は「母のいない国」に行くんです。
男３　「母のいない国」？　どうして？
女２　どうして？
男３　さあ。

男３、手を伸ばす。

女２　……夢の中にしか生きる場所がないという気持ち、あなたに分かりますか？
男３　えっ？
女２　私は海底洞窟を目指します。

女２、走り去る。

男３　待って！　……幸男ちゃん、どうしようか？　……戻ろう、ママ。この世界は嫌いだ。……そうね。ママも嫌い。なんだかものすごく不安になるわ。……でもママ、この世界はもうすぐ終わるんだ。この世界の全員が予感している。その前にあの女性を助けないと……幸男ちゃん、戻りましょう。もう、ママはこの世界にいたくない。戻りましょう。

男３の姿、見えなくなる。

第十三章

男1と男2の部屋に光が当たる。

男2 しょうがなかったんです！　金田さん！　夫も話を聞いてくれず、世間体だけが生きる基準だった真面目で献身的な熟女を放っておけなかったんです。

男1 もうその話はいいんです！

男2 弥生さんは、それに、とてもセクシーだったんです。年の割には肌にも張りがあって、ベッドでも、ベッド……寝る……そうか！　金田さん、分かりました！

男1 なんです？

男2 現実でも虚構でも、私たちは眠りに落ちる。ということはですよ、眠りが現実と虚構をつないでいると考えられませんか？

男1 えっ？　現実と虚構をつなぐ……

男2 現実にも虚構にも等しく眠りは訪れる。つまり、眠りを挟《はさ》んで、現実と虚構はつながっている！

男1 ……ということは？

男2 ということは、虚構の世界で眠り、眠りの廊下を駆け抜けて、現実の世界で目覚めることができるかもしれない！

男1 成田さん！　私は今初めて熟女好きのあなたを尊敬しました！

男2 穏やかに目覚めれば、いつもの虚構の世界かもしれない。けれど、強引に眠りを覚ますことができれば、現実の側《がわ》で目を開けるかもしれない！

男1 素晴らしい！　で、どうやったら強引に目を覚ますことができるのです？

男2 分かりません！

男1 ……。

男2 眠っている森山幸男に何が有効なのか？　まったく分かりません。眠りを覚ますといえば目覚まし時計ですが、それとこれとは、

男1 目覚まし時計……それだ！　成田さん、森山幸男は、どんな目覚まし時計を使っていたんですか？

男2 どんなって？

男1 音ですよ、音。ベル、チャイム、なんでした？

男2 たしか、「だんだんトーン」でした。

男1 「だんだんトーン」！　目覚まし音がだんだん大きくなるアレですね。それだ！　成田さん、今、私は自

分をものすごくほめてやりたい心境です、ありがとう！
「だんだんトーン」行きますよ！　ピピッ、ピピッ、
さあ、一緒に。

男２　えっ⁉　どうして？

男１　手帳にメモして下さい。孤独な熟女とチャンスは
絶対に逃すな！　さあ！

男１・２　ピピッ、ピピッ、ピピッ、ピピッ……。

ゴオーッという音が聞こえてくる。

男１　あれは⁉

男２　おそらく意識が目覚めていく音です。眠ろうとする意識と、目覚めようとする意識が激しくぶつかり、海鳴りのような音をたてているのです。

男１　じゃあ、

男２　もうすぐです！

男１・２　ピピッ、ピピッ、ピピッ、ピピッ……

女１、登場。

女１　成田さん！　あなたは本当に戻りたいのですか？あの世界に戻って、森山幸男にすべてを話すのですか？

男２　えっ。

女１　そんなことができるのですか？

男２　……。

男２、声を止める。

女１　本当に戻りたいのですか？　森山幸男があなたを受け入れると思っているのですか？

男１　ほら、成田さん、もうすぐです！　ピピッ、ピピッ、成田さん！

女１　自分が森山家に何をしたか分かっているのですか⁉　自分のしたことを自分で許せるのですか⁉

男２　……。

男１　ほら、ピピッ、ピピッ、ピピッ！　一人でやってたらバカみたいでしょう。一人じゃダメなの！　ほら、成田さん！

男２　……。

女１　金田さん。消灯の時間ですよ。

男１　そんな……（女１に）あなたは現実に戻りたくはないんですか？

女１　ここは現実です。現実からどこへ戻ろうというのです。さあ、おやすみなさい。

女1、電気を消そうとするアクション。
と、小さく「だんだんトーン」の声が聞こえてくる。

男4　ピピッ、ピピッ、ピピッ……

女1　土屋さん、どうして？

男4　ピピッ、ピピッ、ピピッ……

女1　いいんですか？　あの世界に戻っていいんですか？

女3　土屋。

男4　ピピッ、ピピッ、ピピッ……

女1　どうして？　また、眠れない毎日が始まるんですよ！

男4　ピピッ、ピピッ、ピピッ……

男1も参加する。

男1・男4　ピピッ、ピピッ、ピピッ……

ゴオーッという音がまた聞こえて来る。
男2も参加する。三人の声も大きくなる。

女1　やめなさい！　やめるんです！

女3　土屋！　どうして！

そして、音が大きくなり、風景が歪むかと感じた瞬間、

女1　ようこそ、マザーランドへ！

男1　なんだって？

女1　脱出の成功、おめでとうございます。あなたはとうとうたどり着いたのです。理想の母親がいる国、マザーランドへ。

男3、看護師の格好をした男5と女4とともに静かに現われる。

男1　どういうことだ⁉

男2　虚構の世界を守ろうという意識が勝ったのでしょう。眠りの廊下を逆走し、さらなる虚構の世界で目覚めたのです。

男1　そんな……

女1　いいえ。ここは究極の場所です。母親と一体になることで、一人一人が永遠の母親になれる場所なのです。

男3　ようこそ、マザーランドへ。

女1・男5・女4　ようこそ、マザーランドへ。

男1　違う！　そんな場所は存在しない！

女１　さあ、おやすみなさい。理想の母親に抱《いだ》かれたあなたは、ここで本当の安らぎに出会うのです。
男４　……この写真の砂浜はどこにありますか？
女１　えっ？
男４　**（写真を差し出し）**この砂浜はどこにありますか？　僕はこの砂浜に行きたいと思います。
女１　ここが理想の砂浜なのです！　ここがあなたが求めた砂浜なのです！
男４　……ここが理想の砂浜なら、僕にはもう生きる場所がない。
女１・男３　えっ？
男４　この世界も、僕を眠らせてはくれなかった。

ゴオーッという音が聞こえ始める。

男４　母なる海の向こうで、恵美は待ってくれているだろうか？

男4、ゆっくりと歩き始める。
波の音が聞こえ始める。
光で部屋に区切られていた空間がなくなる。

男４　これが母と恵美の争いを終わらせるたった一つの方法なんだ。
女１　待ちなさい！
男１　どういうことだ!?
男２　……自殺する気だ！
男１　自殺!?
男２　虚構の世界が終わらないなら、自分自身を終わらせるつもりなんだ！
女３　土屋！　どうして！

男4、ゆっくりと目を閉じる。

女１　戻るのです！　そんなことをするために、あなたをここに呼んだのではないのです！　**（男４の体を揺さぶる）**戻るのです！
男３　ここは理想の場所です！　どうして、そんなことをするの!?
男１　どうなるんだ！　虚構の世界で死んだら、人は一体どうなるんだ？
男２　虚構で死に、精神は現実の肉体の活動をとめ、夢さえ見なくなる。死ぬんですよ！　死んで、虚構と現実と夢が初めてひとつになるんです！

男１　（女１に）終わらせるんだ！　虚構のこの世界を終わらせるんだ！

女１　この世界は虚構ではありません！　現実です！　現実を終わらせることなど、不可能です！

男１　何を言っているんだ！

男２、男４の持っている写真を奪い取る。

男２　金田さん！　この写真です！　森山幸男が念写したのはこの写真です！

男１　えっ⁉

男２　彼が持っていました！

男３　この世界でどうしてそんなことをするの⁉

男１、写真を受け取り、男３の前に差し出す。

男１　森山さん！　この写真、覚えていますよね。あなたが念写した写真です！　この世界はあなたが創った世界なんです。戻るのです！　現実に戻るのです！

男３　おっしゃってる意味が分かりません！

男１　この写真をようく見るんです！

女１　金田さん！　何をしているんですか！

男１　（女１に）あなたが探していたのも、この写真だ！　あなたの夢が写っていた写真だ！

女１　なにを言ってるんです⁉

男１　くそう！　まだ戻らないのか！　満足なのか！　あなたたちはマザーランドで人が死んでも満足なのか！

女１・男３　えっ……

と、目を閉じている男４を女３が後ろから抱きしめる。

女３　土屋！　目を開けるんだ！

男４　（目を開け）そうだよ、恵美。私は、お前を救えなかった。お前の微笑みを救えなかった。救おうと思ったことがすべての間違いの始まりだったなどと、哀しいぐらい当たり前のことを言う私を、決して許さないで欲しい。なぜなら、私は私自身を決して許さないのだから。

女３　土屋！

男４　そうだよ、恵美。母より旅立てなかったお前は遠く旅立ち、お前に母を求めた私は母から逃げ続けた。恵美、やっと私はお前の場所に行く決心がついたんだ。母がどんなに止めても、私はお前のいる場所に今度こそ行くんだ。

女３　だめだって！　土屋！　あたしは恵美じゃない！

土屋！

女3、男4を抱きしめ、揺さぶる。
けれど、男4の目がゆっくりと閉じ始める。

女1　戻りなさい！
男3　どうして⁉
男1　だめだ！　意識が海の中に入っていく。（男2に）どうしたらいいんだ⁉
男2　そう言われても……。
男1　（男3に）戻れ！　現実に戻れ！
男2　金田さん、逆効果です！　追いこめば追いこむほど、森山幸男は虚構の奥深くへ逃げ込みます！
男3　成田さん、何を言ってるんです⁉
男1　じゃあ、どうしたらいいんだ！　どうしたらこの世界を終わらせることができるんだ⁉
女1　ひとつだけ、方法があります。
男1　え⁉　意識が戻ったのか？　戻って協力してくれるのか！
女1　ひとつだけ、方法があります。
男1　それはなんだ？
女1　私が死ぬこと。

男1・2・3　えっ⁉
女1　私が死ねば、マザーランドが終わる。きっと、この世界も終わります。

また、ゴオーッという音が聞こえてくる。

男1・2・3　！
女1　ね、間違いないでしょう。
男1　待つんだ！　それじゃあ、意味がない！　誰かを救うために、誰かが死んではいけないんだ。
女1　私にはマザーランドの師長としての責任があります。

女1、ゆっくりと目を閉じる。

男5・女4　師長！
男3　どうして！
男1　だめだって！　……ふんじゃまかへんじゃまかひゃっこらへっこらぽんよよよ〜ん！
男2　何をしてるんですか？
男1　彼女の意識を散らして、入り込めないようにしてるんですよ！

男2　なるほど、深い！
男1　関心してないで、成田さんもやるの！
男2　私も!?　（思わず無茶苦茶をする）
男1　意味が分かんないじゃないか！　もっと笑える奴！
男2　笑える奴!?　この状況で笑える奴ですか!?
男1　そう！　とにかく笑わせて、意識を散らすんです！
男2　そんな急に言われても……
男1　小学生が生姜《しょうが》食って生姜臭《しょうがくせ》ぇー！　（またはその俳優が作った爆笑ギャグ）
男2　笑えませんよ！　全然、笑えませんよ！
男1　いいんだよ！　連発して、とにかく意識を海から引き上げるんだ！　さあ！
男2　「トイレに行ってくる」「便器《べんき》でね！」　（またはその俳優が作った爆笑ギャグ）
男1　笑いをなめとんのか！　そんなんじゃ意識は散らないんだよ！　…中学生の初恋はチュウがくせぇー！
男2　人のことがいえるんですか！
男1　大学生のトイレは大がくせぇー！
男2　金田さん！　ヤケになっていませんか！
男1　成田さんもやるんです！
男2　中国のハエはちゅごくはえー！
男1　ヤケになっているのはあんただ！
女3　私はどうしたらいいの!?
男1　愛する人を自殺の海から引き戻すんです！　とことん愛を語れ！
女3　愛を語る……。
男1　（男3に）あなたもやるんです！
男3　えっ。
男2　金田さん！
男1　あなたの愛するこの世界で、今、二人も自殺しようとしているんです！　それでいいんですか！
男3　それはだめ！　ここは誰もが幸せになる世界なの！　一人も死んではいけないの！
男1　じゃあ、あなたも止めるんです！
男3　あたしは何をすればいいの？
男1　爆笑ギャグ。
男3　爆笑ギャグ!?
男1　爆笑ギャグの連続で彼女の意識を引き戻すんです！
男3　そんな……
男2　ハードル、高い！
男1　さあ！　爆笑ギャク、第一弾！
男3　……この前ね、道を歩いていたらさ、向こうから変なオヤジがやってきてさ、このオヤジがね、

男１　話がながーい！
男２　森山さん！　もっと短く！
男３　もう、この電車、とれえんだよ！（またはその俳優が作った爆笑ギャグ）
男１　微妙！
男２　もっとがんばれ。
男３　そんな。
女３　土屋！　目を覚ませ！　一緒に水族館に行って、クラゲ見ようぜ！
男１　それが愛の言葉ですか？
女３　愛を言葉にすることに慣れてないんです！
男２　言葉はいつも思いに足りない。そういうことですね！
男１　（男５と女４に）この世界で自殺者を出したくないのなら、君達もがんばれ！
女４　ミック・ジャガーが好きなのは、肉ジャガー！（またはその俳優が作った爆笑ギャグ）
男５　ワオーン！『ジャングル大帝　おれ！』（またはその俳優が作った爆笑ギャグ）
男２　だめだ！　意識が海の奥底に入っていく！
男３　どうして!?　幸男ちゃん、助けて！　この世界が終わっていく！

男１　森山さん、幸男はあなたです！　あなたは森山幸男なんだ！
女３　土屋！　タラバガニも見ようぜ！
男３　あたしが死ぬから！　幸男ちゃん！　どうかこの世界を守って！
男２　森山さん！　何をするんです！
男１　だめだ！　誰も死んではいけないんだ！
女３　（男４に）戻って！
男２　（男３に）戻ってくるんです！
男１　（女１に）戻れ！　戻るんです！

ゴオッーという音が大きくなる。
次の瞬間、女２が現われる。

女２　だめ！　行っちゃだめ！　あなたが行ってはいけないの！
全員　（女１・男３・４以外）！
女２　胸引き裂く現実のあまり、眠れぬ夜が幾晩続こうとあなたは、この海に沈んではいけないの！　戻るのです！　夢の海底洞窟を通り、あなたの現実に戻るのです！
男１　あなたは……？

男２　金田さん、砂浜の、あの写真の女性です！
男１　えっ……（おもわず、持っている写真を見る）
女２　戻るのです！　虚構の世界に別れを告げて、あなたの現実に戻るのです！
男２　どうやって！　どうやって現実に戻るんだ！
女２　耳をすますのです！　涙とともに眠り、夢の砂浜に立った時、いつまでも打ち寄せる波音のすきまに響く、海底洞窟のうねる水流を聞き分けるのです！
全員（女１・男３・４以外）　えっ？
女２　そして、夢の海に身を任せるのです。そうすれば、
男４（突然）嘘だ！　眠りに落ちても、世界は終わっているだけだ！　嘆き組の前に海底洞窟など現われはしない！
女２　いいえ。海底洞窟は存在する。やっと分かりました。たどり着けないのは、その方法が違うから。
男２　どうしろというんだ！
女２　海の底深く深く落ちていき、海底洞窟にたどり着く方法は、ただひとつ。絶望すること。
全員（女１・男３以外）　！
女２　夜のしじま、あなたへとつなぐ電話を握りしめ、眠れぬ夜を埋めようとする私をおそうあなたからの言葉が、胸引き裂く事実を伝えるあなたからの言葉が、私を一瞬にして絶望の暗黒へと引きずり落とすその時、初めて海底洞窟は私の前に現われる。胸引き裂く言葉をあなたから聞く私は、深く深く、信じられぬ絶望の奥底へと落ちていく。その力だけが、私を暗黒の深みへと引きずり落とすその絶望の遠心力だけが、私を海底洞窟へと導く唯一の方法なのです。
男１　絶望しろというのか！
女２　そうです。
男２　そうすれば、この世界から抜け出せるというのか？
女２　抜け出す方法はただひとつ。深く深く絶望し、深く深く眠ること。そうすれば、海底洞窟の出口にたどり着くのです。
男２　そんな……
女２　ためらっている時間はありません。意識が虚構の奥深く沈む前に、絶望に身を任せるのです！
男１（男３に）森山さん。聞こえますか？　あなたのやったことを認めるのです。
男３　えっ……。
女２　絶望を問いかける相手を間違えてはいけません。これは、森山幸男が作り上げた世界ではありません。
全員（女１以外）　えっ？
女２　これは、彼女が作り上げた世界なのです。

その指先は、女1を指差している。

女1　！

全員　！

男1　なんだって……

女2　さあ、絶望のカーニバルの始まりです。海底洞窟にたどり着くために。そして、二度とこの世界に戻らないために。嘆き組の人達がついに開けなかったカーニバルを。アキレス腱《けん》は伸ばしましたか？　深い深い絶望の暗黒の中を走って走って走り抜くのです。絶望に悩むのではなく、絶望に生きるために。高らかに子守歌を。みなさん！　カーニバルの時間です！

音楽！

カーニバルがゆっくりと始まる。

そして、暗転。

第十四章

暗転の中、女1の声がする。

女1 （声） 金田さん！ 金田さん！ 金田さん！

明かりつく。女1がいる。
男1と男2が倒れている。

男1 （起き上がり） えっ！ 醒めたのか！ 本当に醒めたのか！
女1 ええ、ええ。
男1 （男2を起こす） おい、おい！
男2 西日暮里《にしにっぽり》で、牛にっこり！
男1 何を言っているんだ。
男2 えっ……じゃあ？
男1 ああ。（女1に） 自分のことがお分かりですか？ あなたは、
女1 金田さんに調査を依頼しました。
男1 やっと意識が戻ったんですね。
女1 いえ、あの世界でも半分、戻ってました。あの女性の話を、師長である自分と依頼人の自分が聞いていたんです。
男1 そうですか……。
女1 ここは？
男2 森山社長の屋敷の中です。
男1 そうか。そういうことか。
女1 どういうことです？
男1 この屋敷をたずねた時、あなたはまるで夢みたいだと行った。あの時、私たちの意識は虚構の世界に取りこまれていたんです。
男2 この屋敷は、森山幸男の強力な残留思念に溢《あふ》れています。この屋敷が病室になり、私達はずっとここにいたんです。
女1 そんな……（ハッと） でも、あの女性の言葉を信じれば、あの世界は私が作り上げた世界だって……
男1 成田さん。
男2 私も混乱しているんです。ひょっとして……
女1 なんです？
男2 写真についての彼の言葉を覚えていますか？
女1 たしか、新しい人類。

男2　（女1に）あなたは絶望していますか？
女1　えっ……。
男2　森山幸男は、現実の人間に絶望してあの砂浜を作り上げました。もし、あなたが何かに絶望して、夢の中に理想の場所を作り上げたとしたら。そして、あなたの絶望と森山幸男の絶望が深層無意識と呼ばれる深いレベルでひとつになったとしたら。
女1　……。
男1　どうしてひとつになるんですか？　彼女の夢と森山幸男の虚構が？
男2　あなたは、以前、この屋敷に来たことはないとおっしゃいましたよね。
女1　ええ。
男2　では、あなたの母親は？
女1　えっ？
男2　森山幸男にはいろんな人がすがりました。娘の問題でひどく悩んでいた母親がいたことを思い出したんです。
女1　……。
男2　何度も屋敷を訪れては、いつになったら娘と話せるようになるかと予言を待ち続けた母親でした。森山幸男は、なにも言えないまま、同情してよく話し込んでいました。
女1　……名前は分かりますか？
男2　分かります
男2、手帳を取り出す。
男2　特に熱心な人達はリストアップしていたんです。……この人です。
男2、手帳のページを指差す。
女1　！　（手で口を押さえる）
男2　……母親の思いが、森山幸男とあなたをつないだのでしょうか。
女1　……そんな、そんな。
男1　成田さん。
男2　仮説です。私だって、混乱しているんです。
間。
男2　さて、私は行きます。
男1・女1　えっ？

男2　森山幸男に会ってこようと思うんです。
男1　病院へ？
男2　もう一度、面会を申し込んでみようと思います。
男1　……いえ、何度でも。
男2　お気をつけて。
女1　あなたも。
　　お気をつけて。

男2、去る。

女1　……私、母親とこの一年近く、話してないんです。
　私……
男1　あなたの抱えていること、なんとなく分かります。
女1　えっ？
男1　私も父親を殺したいと思ったことがありますから。
女1　……。
男1　さてと。
女1　え？
男1　何のお力にもなれませんでしたね。
女1　とんでもない。感謝しています。
男1　もう不思議な夢を見ることもないでしょう。
女1　えっ？
男1　森山幸男の心は、きっと、とけるはずです。
女1　そうですね。やっとぐっすり（はっとして）……
男1　どうしました？
女1　どうして、あの写真を見た次の夜から夢を見なくなったんでしょう。
男1　夢ではなく、現実だと思い込んだことで、あの砂浜の輝きは急速に失われた。そして、夢に見る場所ではなく、たどり着く場所に変わった。
女1　なるほど。
男1　でも、私にはまだ分からないことがあるんです。
女1　なんです？
男1　あなたが私のオフィスに来た夜、誰かが私に電話した。「助けて、殺される」と。一体、誰が電話したのか？
女1　さあ……。
男1　もし、ただの無言電話をそんな風に聞いたのだとしたら、あの瞬間から虚構は始まっていたことになる。じゃあ、いったい、どこからが現実なんだ……。
女1　こんな仮設はどうです。さんざん断られたある依頼人が、なんとか引き受けてもらおうと、演技の電話をお金で仕込んだ。
男1　えっ？
女1　もちろん、仮説です。

間。

男1　それじゃあ、「さよなら」というより、「おやすみ」ですか。

女1　「おやすみ」？　そうですね。

男1　英語で「おやすみ」ってどういうかご存じですか？

女1　グッド・ナイトでしょう。

男1　それは、眠れる夜のおやすみ。眠れそうにない夜、祈りをこめて言う「おやすみ」ですよ。

女1　いいえ。なんて言うのですか？

男1　ハッシャ・バイ。

男1、去る。
明かりが女1に集まる。
明かりを消すアクション。
ゆっくりと明かりが消え、女1が眠りに落ちていくように見える。
と、ゆっくりと女2が光の中に現われる。
驚く女1。

女1　どうして!?

女2　それはあなたが一番分かっているでしょう。

女1　えっ？

女2　思い出せる？　半年前のあの日。何があったのか？

女1　半年前のあの日？

女2　初めて私を夢に見た日。

女1　半年前のあの日……。

女2　本当に忘れているんだ。そうよね。私が忘れていたんだから。

女1　どういうこと？

女2　半年前のあの日、あなたは砂浜に立っていた。

女1　えっ？

女2　そして、ゆっくりと海に向かって進んでいた。

女1　えっ？

女2　あなたが愛したあの男は、あなたの妊娠を受け入れなかった。あなたに中絶《ちゅうぜつ》を勧《すす》めたまま、逃げ出した。

女1　えっ？

女2　あなたは産もうと決心した。けれど、あなたは自分が母親になることを受け入れられなかった。

女1　！

女2　そう。半年前のあの日。あなたが母になることを手放した日。

女1　私……。

女2　そして、自分自身も手放そうとした日。

女1　あなたは誰!?　……ママなの？
女2　いいえ。
女1　じゃあ……子供なの？
女2　いいえ。
女1　それじゃあ、
女2　心の奥底では分かっていたでしょう。
女1　えっ？
女2　私は、新しい人類じゃない。人間に絶望した人間でもない。私は、もう一人のあなた。
女1　もう一人の私。
女2　そして、淋しい母親を抱きしめることができた、もう一人のあなた。
女1　……。
女2　よかった。思い出してくれて。このままだと、あなたは壊れてしまうところだった。
女1　えっ。
女2　私を眠らせて、あなたは本当のあなたになるの。おやすみなさい。あなたはもう私を必要としないから。海に入らないあなたは、もう一人のあなたを必要としないから。
女1　待って！　あなたは、あなたはどうなるの!?
女2　深く深く落ちていき、海底洞窟をくぐり抜けた時、そこはまた、あの砂浜だった。私には、夢の中しか生きる場所はないから。
女1　えっ……。
女2　私を夢見る必要のない人生でありますように。二度と私が生まれない生活でありますように。おやすみなさい。もう一人の私。そして、本当の私。
女1　待って！

ゴオーッという海の音が聞こえ始める。
それがそのまま、波音になる。
女1、ゆっくりと歩き始め、海に入ろうとする。
女2、後ろから女1を抱きしめ、止める。
やがて、女1、女2、同時に話し始める。

女1・女2　朝、目覚まし時計の音にあらがい、うとうととまどろんでいれば、窓の外を走る高速道路の騒音が私を襲う。まるで打ち寄せる波音《なみおと》のように切れ目なく続くその音を聞くうちに、私は思い出の奥底に眠る真っ青な大海原へと導かれる。
女1　その時私は、私の人生を終わらせるために、真っ白な砂浜に立っていた。海に向かい、膝《ひざ》を濡らし歩き出す私に、もう一人の私がこう告げた。

女２　今日、私は母親に会いに行こう。この街から母親の住む街に戻ろう。そして、はっきりと伝えよう。私が私であるために必要な言葉を。

女１　そう決心する私の思いを、高速道路の騒音のような波音は、見事なほど美しく砕き尽くす。

女１・女２　私は私であるための仮面をつけて街へと出かけていく。母という仮面をつけたあなたと、私という仮面をつけた私は、つなぎあうことのない絶望の奥底でお互いを憎み、お互いを愛し、眠れぬ夜を過ごしていく。そして、朝日とともに、高速道路の騒音は、私を思い出の海へと導いていく。私が二つに分裂したあの海へと。

目覚まし時計の音が聞こえてくる。たくさんの数。女１が使っている目覚まし時計の音も聞こえている。

女１と女２、互いを見つめ微笑む。

次の言葉の間に、人々が集まり始める。

それは、あの夢の中の砂浜のように見える。

人々の顔をだんだんと朝日が照らしていく。

男２と女装していない男３が並んで幸福そうに海を見つめる。

その姿を男１が見る。

男４と女３も、穏やかな微笑みとともに砂浜に立つ。

男５、女４も、幸福そう。

全員　なだらかな砂浜に続く窓を開ければ、溢れ咲く光の雫《しずく》の中で、青一面の球形の海が見えてくる。そこかしこと広がる白い波は、まるで、何千と駆け抜けていく白うさぎのように大海原をおおい尽くす。白うさぎは、青一面の大海原を駆け続ける。白うさぎの空への助走は、今始まったばかりなのだ。母なる海より、白うさぎは、よるべなき大空へと、今、駆け始めた。母なる海より、よるべなき大空へと白うさぎは駆け続ける。

母なる海が荒れれば荒れるほど、高速道路がごうごうと叫べば叫ぶほど、目覚めるための助走の速度は増していく。やがて、生まれては消えた何十億という白うさぎのうちに、よるべなき大空へと駆け昇るひとつが現われるだろう。

目覚めよう、眠り続けよう。目覚めよう、眠り続けよう。波音のような呟きが打ち寄せる砂浜に立つ私は、白うさきが駆け昇る大空を見上げ、私が私であるために必要な言葉を探し続ける。規則的に繰り返す波音は、私を眠らせる子守歌にも、カーニバルの始まりを告げる力強いリズムにも聞こえてくる。高らかに子守歌を。

カーニバルの時間です！

全員の顔を朝日が眩しく照らす。
ゆっくりと人々が集まりポーズを取る。
舞台が一瞬、光り、写真のように見えた瞬間、暗転。
明かりがつくと、序章に出てきたベッドとそして寝ている母親を見つめる男1。
その風景の中で、カーテンコールが始まる。
出演者がそれぞれにお辞儀をして、そして、男1が最後にお辞儀をして。

終

あとがき　または　はじまり［第三舞台版］

めったにないことですが、ちょうど10本目ということなので、このさい、旗上げからの記録を振り返って見ることにします。

Vol.1 '81.5.『朝日のような夕日をつれて』

男の役者5人、演出家の僕をいれて男6人で旗上げした作品です。場所は大隈講堂裏特設テント。早稲田大学演劇研究会所属の劇団としての旗上げです。

何故、劇団なんぞというものを作ったのかという詳しい経過は、今度「光文社」から出たエッセイ集『冒険宣言』に書いてしまいました。（とちゃっかり宣伝する僕。許してね。なんせこの本が売れると、僕はくだらない生活費稼ぎの仕事をしなくてもよくなるのです。そうすると、安心して芝居に打ち込めるのです）

旗上げの総予算しめて18万円！

びっくりするほど、貧乏だったのです。装置をとめるハリガネがなくて、しょうがないので電信柱にとめてあるキャバレーの立て看板のハリガネを盗んでいたら、警官に感心な青年だとほめられてしまいました。美化運動と間違えたのです。しょうがないので、街をきれいにするのは青年の務めだい！と言って胸を張って帰りました。嘘のような本当の話です。

Vol.2-'81.10.『宇宙で眠るための方法について』

小須田康人、長野里美の初舞台です。小須田はこのころから、何かあると酒を飲み、クダを巻き、騒いでいました。

里美はこのころから私は女優よ！　と息巻いて名越にからかわれていました。

男だけだった第三舞台についに女が入った公演で、どこで着替えるのかという問題を始め、さまざまな難問にぶつかりました。

が、僕達は「気合よ、気合」という合言葉で乗り切ったのです。

あっ、忘れてた。伊藤も初舞台でした。伊藤はこのころから、何故か舞台に立っているという離れ技を演じていたのです。

Vol.3-'82.5.『プラスチックの白夜に踊れば』

大隈講堂前特設テントという、禁断の地での公演です。詳しいことは『スワン・ソングが聴こえる場所（弓立社）』に書きました。（とちゃっかり宣伝する僕。許してね。なんせこの本が売れると、僕はくだらない生活費稼ぎの仕事をしなくてもよくなるのです。そうすると、安心して芝居に打ち込めるのです）

大学当局と喧嘩しながら、大隈講堂前広場にテントを張って、公演しました。

この時、本番3分前に、筒井真理子が突然、楽屋に飛び込んできて、

「だ、第三舞台に入れて下さい！」

と叫んで、全員のドギモを抜きました。

こいつは、昔から、全員のドギモを抜いていたわけだ。

こいつは、名越は本番一週間前に、風疹にかかり、出入り禁止となりました。これも、嘘のような本当の話です。『スワン・ソングが聴こえる場所』で、この時のことを書いている時、どうしても名越の思い出がなくてどうしたんだろうと思っていたら、奴は風疹でテント立ての場にいなかった

のでした。どうりで、記憶がないはずです。なおかつ、奴は、本番当日には治ってやって来たのです。わははははっと笑いながら。そして、本番が終わった時、鴻上の体には、赤いぶつぶつが出来ていたのです。これも、実話です。奴は、このころから、強引に世界の中心に居続けたのです。

Vol.4-'82.10.『電気羊はカーニバルの口笛を吹く』

再び、大隈講堂裏特設テントでの公演。

何故、この作品を未だ再演していないのかと言えば、ラストに花火を数百本、燃え上がらせるという演出のためなのです。30本束の花火を一日500本。問屋さんから直接買ったのです。総予算10万円。ラスト、舞台の後ろと左右から、この30本束を突き出し、燃え上がらせる。舞台には、大高と名越とそして岩谷真哉。ライトがないのに、物凄い明るさでした。役者三人はしっかりと火傷をした公演です。なおかつ最終日。残った花火もついでに燃やしちまおうぜという、貧乏根性で100本束というつわものが登場。公演が終わり、お客さんを送り出している時、親切そうなお客さんが、僕の所へ来て、こう言いました。

「あの、テントが燃えてるんですけど、いいんですか」

走ってテントの中に入り、見上げれば、テントはしっかりと燃えていました。

何人かのお客さんも見上げていましたが、みんなこれも演出だと思っているらしく、妙に感心していました。

山下裕子、筒井真理子、初舞台。

裕子は、牧師役の小須田を3メートル投げ飛ばし、鴻上にその腕を買われて登場。

Vol.5-'83.2.『朝日のような夕日をつれて'83』

初めてのシアター・グリーンという劇場での公演。よく分からず、仕込みのその夜には公演をしますと支配人の方に申し込んで、笑われる。現在、本として出ている『朝日のような夕日をつれて』はこの時の公演のテキストです。詳しくはそちらを。

蛇足ながら、ありがたいもので、この『朝日……』は、はや6刷を数え、2万部という戯曲としては奇跡のような数字をクリアすることとなりました。初版をバッグに詰めて、親戚や友達の間を強引に売り歩いた僕としては、信じられないことです。そんなわけで、貴重な初版の大部分は、親戚と友達の家でホコリを被っているのかと思うと不憫でなりません。

Vol.6-'83.5.『リレイヤー』

自分で言うのもなんですが、今までの第三舞台の公演は、全て好評でした。未だ、評論家もマスコミの姿も客席にはありませんでしたが、お客さんの数は、着実に倍々ゲームのように増え、二千人を突破するという勢いでした。旗上げのお客さんの数が300人だったということを考えれば、信じられない数字です。が、この芝居は、はっきり言って、こけかけた公演でした。と自分で言ってしまうのも変なのですが、この公演は、はっきりと失敗作だと言い放つお客さんが、出現したのです。

ま、そう言われるだろうなと、公演前から分かっているのが、僕の僕たる所以なのですが、さすがに、初めての経験だっただけに、少々こたえました。

が、同時に、この公演を何よりも、忘れ難いと思っているお客さんがいることも事実です。この公演のあと、アンケートの再演希望の欄に「いやでしょうが、『リレイヤー』をもう一度、見たいです。」ということっちの事情を見透かしたような文章が、載ることとなります。初代レインを演じた松永郁子は事情で退団しましたが、僕は彼女の演技が大好きでした。この作品は、彼女の生きてきた全てへのオマージュでもあったのです。

Vol.7 -'83.10.『デジャ・ヴュ』

世間的には、第三舞台の出世作です。何故か好評で、マスコミは今までの不義理を詫びるかのように、一斉に取り上げた作品です。

が、そうは手放しで喜べないのも事実です。そこいらへんのことは、老後にでも、書きます。

Vol.8 -'84.3.『宇宙で眠るための方法について'84』

スズナリという小劇場界（？）あこがれの劇場への登場作です。岩谷真哉のクリア・ダンサーの演技は、壮絶を究め、身震いする程でした。

僕は「そう急ぐな」という演出をしたほどの表現でした。

ですがもちろん、楽しい公演でした。何といっても、男と女の楽屋が別々だったということが衝撃的でした。役者たちは、

「さすが、スズナリね。スズナリだわ。」と感心したものです。なんという、情け無い。ま、こんなもんです。

Vol.9 -'84.6.『プラスチックの白夜に踊れば』

幻の公演です。

Vol.10 -'84.10.『モダン・ホラー』

再出発のための第一回公演です。あっちこっちに心配をかけ、どうなることと思われましたが、なんとかやり通した公演でした。

初日、本番中に次のテープが見つからず、無音のままシーンをやりすごしたという信じられない公演でもありました。あとで、そのことを知った一部のお客さんから、もう一回見たいから、チケット

をタダでくれと言われて、こそっとあげたものです。今だから吾一中えるこの真実。そんな、たいそうなことじゃないか。

京晋、初舞台。

それとこの公演から大高は、ストレスが溜まると声が枯れるという、ほとんど、演出家殺しのような症状が現われ始めます。困ったものだ。

Vol.11 -'85.2.『朝日のような夕日をつれて'85』

紀伊國屋ホール進出の公演です。

後で聞けば、新劇界から大変な批判が応ったそうです。なんでうちにスケジュールをくれないで、あんな、馬の骨のような若手の劇団にやるんだという批判です。馬の骨ですと。思わず、笑ってしまいます。

毎日、500人単位で、お客さんが入れず、帰ってもらいました。ちょうど、入場したお客さんと、帰ってもらったお客さんが同数という信じられない公演でした。

若手番外公演 -'85.4.『春にして君と別れ』

第三舞台、初めての女性をメインにフィーチャーした公演でした。2月の『朝日……』に女優が出れないため、特別に公演したのです。これは、今まで、女性を中心にもって来なかった鴻上が、堂々と女性を中心に据えたことでも、何かと言われた公演でした。

Vol.12 -'85.6.『リレイヤー'85』

さて、この流れを知ると、ここでリレイヤーを公演することがどれほどの冒険か分かるというものです。

結果は初演の『リレイヤー』と同じ。

いやあ、まいった、まいった。

筧利夫、実質的初舞台。名越とのコンビが妙におかしく、変でした。初日、二人で始まるシーンで、二人は上がりまくり、きっかけははずすわ、セリフはとちるわ、さんざんで、ひとつのギャグも受けなかったのですが、楽屋で演出家と会った名越はこう言ったのです。

「鴻上、今日の客、しぶいよ」

自分のせいだと思わないところが、こいつは、未だに、強引に世界の中心にいると思わせるに充分でした。

藤谷美樹、初舞台。こいつは、いまだに偉そうで、僕はいつも謝っています。なんでだろう。

Vol.13-'85.7.『朝日のような夕日をつれて'85』

この公演は純粋再演です。いつも、新作的再演なのですが、これは、あまりにも、2月の時に帰って頂いたお客さんが多かったため、紀伊國屋さんにお願いして、実現しました。

本番三日目、小須田が隠れ酒の飲みすぎで、肝臓を壊しました。（第三舞台は、本番中は酒が禁止なのです。と言ってもこのルールは、名越と小須田には無力です）

大混乱になり、しょうがないので、鴻上、ランニングを始める。現役を離れてはや、5年。女優全員がとめる中、セリフの練習を始めれば、小須田が、平気な顔をして、病院から帰ってきました。

「どうしたんです。僕、平気ですよ」

こいつが、本番直前に、酒で肝臓を壊し、劇団が大混乱になるのは、『宇宙で……』以来、二度目であった。そのかわりに、小須田はいまだに隠れ酒をしている。

Vol.14-'85.10.『もうひとつの地球にある水平線のあるピアノ』

スズナリに帰ってきた公演です。この客席はもう、地獄でした。もはや、桟敷席では公演はできないなと、はっきりと認識した公演でもありました。

お客さんが、全員入るまで、ひどい場合は開演20分押しなどということもあったのです。

が、同時に膝付き合わせて芝居を見るという素敵さも、はっきりと捨てがたいものです。一体、どうしたらいいのでしょう。

筧が、犬のポチという生涯の当たり役を獲得。これ以来、向こう3年の間、筧はポチと呼ばれる、はずである。あと1年、残っている。

Vol.15-'86.2.『デジャ・ヴュ'86』

初めての、大阪公演を敢行した公演です。

鴻上は大阪で、うどんとタコ焼き、お好み焼きを食い続け、一週間で3キロ太る。

同時に、宿泊先のホテルで、ファミコンが流行り、大高は翌日、2時の公演があるにもかかわらず、朝の6時まで「ポートピア連続殺人事件」をやり続ける。もちろん、その日の出来は最低であった。

ちなみに、大高をファミコンに誘ったのは、鴻上でした。

Vol.16-'86.7.『スワン・ソングが聴こえる場所』

『プラスチックの白夜に踊れば』を改題。内容も一新しての公演でした。いつかは、やらなければと思っていた公演だったのです。

このタイトルは、鴻上が、『デジャ・ヴュ'86』の大阪公演が終わり、そのまま一人、京都をさまよっている時にふと、浮かんだものです。名もないお寺の落書き帳をめくっていると、女性の声にならない悲鳴が溢れていて、まるでこれは遺書のようだと思ったのがきっかけでした。

男が見落としたことと、女が見えなかったことの隙間を、つなげればいいなと思ったのです。もちろん、メルヘンでも神話でもなく、リアルな現実へと架かる橋として。

Vol.17-'86.12.『ハッシャ・バイ』

そして、『ハッシャ・バイ』です。

これが、第三舞台を旗上げしてから6年の道のりです。

振り返れば、さまざまなことがありました。と、書いてしまいますと、なにか、甘美な記憶のような気がするものです。自分の意志で振り返る過去というものは、いつも決まって甘美なのです。やがて、人は自らの過去の唯一の讃美者になるのかもしれません。

特に演劇などというものを選んでしまった結果、過去はいかようにも改変できるのです。何故なら、何も残っていないのですから。

岩谷が、活躍していた時代のビデオもなにもなく、ただあいつの演技は、僕たちの記憶の中にしか残っていません。

旗上げの見る者全てのドギモを抜いたと言われているあの公演も、今は何も残っていません。

ただ、僕たちと観客の記憶の中にしかないのです。

最近、演劇とはつくづく、残酷なメディアだと思います。かつて、傑作を作っていた劇団が、どんどんつまらなくなっていくのを見るにつけ、本当にそう思います。

これが、映画だと、今はもう枯れ果てていても、全盛期の傑作を見ることができるのです。フィルムに定着した、かつての花の時代を確認できるのです。これは、テレビも音楽も小説もマンガも、全部同じです。

唯一、演劇だけが、そうではないのです。

演劇だけが、今を問われ続けるのです。

かつて花の時代を持ち、今はもう死んでいる表現者の人達を、僕達はたくさん知っています。その人達は、かつての作品の輝きだけで、今もなお、生き続けています。

こと、演劇だけが、そうではないのです。

もちろん、そんなことは分かっていたじゃないかと言われれば、それまでのことです。

だからこそ、演劇を選んだのだとも、言うことが出来ます。演劇とは、風に記された文字であるからこそ、僕たちは演劇を選んだのです。

ですが、それでも、演劇とはなんて残酷なメディアだろうと思ってしまうのです。

例え、同じメンバーで純粋に再演しても、演劇は同じではないのです。原石が確実にダイヤモンドになるとしても、確実にその輝きが失われる時期があるのです。

その一瞬を、定着できないのが演劇なのです。

先日、ある劇団のスタッフをしていた女性と知り合いました。その女性は、10年いた劇団を辞めたところでした。

その劇団は、本当に面白かった。私が、今から10年前、初めてその劇団の公演を見た時、一体、これはなんなんだという激しい衝撃を受けた。お客さんは、ほとんどいなかったけど、私はその日から毎日、劇場に通い詰めた。そして、気がついたら、スタッフになっていた。本当に楽しい、そして刺激的な日々だった。でも、お客さんはほとんど入らず、マスコミも誰も来なかった。でも、私は今、世界で三本の指に入る面白い芝居をしているんだと、はっきり分かっていた。ヨーロッパに行ってどの芝居を見ても、はっきりとそう分かった。

その女性は、そう言いました。

僕はそれは、おそらく真実だろうと思っていました。僕はその劇団の公演は、3年前からしか見ていませんでしたが、それでも充分、衝撃的だったからです。

「本当に面白かったのは、」

その女性は言いました。

「5年前までね」

女性は続けました。

「その後は、だんだんつまらなくなっていったの。そして、スタッフが一人辞め、二人辞めしていったわ。でもね、今でも時々、辞めたみんな集まって言うの。あたし達は、本当に全盛期を経験できて幸せだったって」

その女性は、そう言って、ほんの少し微笑みました。

そして、その女性の昔話は終わりました。

それ以上、いくら待っても、彼女の口から甘美な記憶は語られませんでした。

それが、僕はほんの少し意外で、ですがほんの少し嬉しくもありました。

次に彼女が、語ったのは、現在のことでした。今から、何をしようとしているのか、何がしたいのか、彼女は語り始めました。

その声を聴きながら、僕も次のことを考え始めていました。

次は何をしよう。次は何をしたいのか。ずっと考えていました。

そしてもちろん、今も考えています。

記録を残さず、記憶だけの中にとどめ、なおかつ甘美な記憶へと変身させない。

本当に演劇とは、残酷なメディアです。これはちょうど、なんであんなひどい男に惚れたんだといってあきれられる、向こう見ずな女性の恋愛と似ているかもしれないと、とんでもない比喩を思いつくほどです。

いくつまで、とんでもない恋愛ができるか。

僕は今、わくわくしながら実験を続けているのです。

第三舞台　鴻上尚史

上演記録

第三舞台『ハッシャ・バイ』

公演日程：1986年12月4日(木)〜12月22日(月)　サンシャイン劇場
作・演出：鴻上尚史

CAST
大高洋夫
小須田康人
名越寿昭
筧利夫
伊藤正宏
京晋佑
山下裕子
長野里美
筒井真理子
藤谷美樹

STAFF
装置＝石井強司、照明＝丸山邦彦、音響＝松崎俊章、衣裳＝薫比佐子、振付＝川崎悦子、舞台監督＝嶽恭史、宣伝美術＝鈴木成一、演出助手＝板垣恭一、舞台スタッフ＝小松信雄・戸田山雅司、制作＝細川展裕・宍戸紀子・中島隆裕

第三舞台『ハッシャ・バイ』［90年代版］

公演日程：1991年8月2日(金)〜8月25日(日)　紀伊國屋ホール
1991年9月4日(水)〜9月13日(金)　近鉄小劇場
作・演出：鴻上尚史

CAST
大高洋夫
小須田康人
勝村政信
池田成志（東京公演）
吉田紀之（大阪公演）
伊藤正宏
長野里美
山下裕子
筒井真理子
利根川祐子

STAFF
装置＝石井強司、照明＝丸山邦彦、音響＝松崎俊章、スタイリスト＝古池慶次郎、振付＝川崎悦子、舞台監督＝鈴木慎介、舞台監督助手＝岩田達示・安達隆太郎、舞台スタッフ＝飯田貴幸・山岡均・安永由紀子・井上諭・飯干良作・鍵本真理・澁谷壽久、宣伝美術＝鈴木成一、演出

助手＝板垣恭一・戸田山雅司・中谷真由美・松本辰弥、美術＝小松信雄、美術助手＝釆澤聰、衣裳部＝佐々木恵子・有本久美子・白井友貴子・花田裕子・森歌・岡山尚子・佐藤洋子、小道具部＝寺田由子・神田要・本田裕子・伊伝久美子・林絵美、制作＝細川展裕・宍戸紀子・中島隆裕・牧野伸子・茂木節美

虚構の劇団　第3回公演『ハッシャ・バイ』

公演日程：２００９年8月7日(金)～23日(日)　座・高円寺１

作・演出：鴻上尚史

CAST

山﨑雄介

大久保綾乃

渡辺芳博

小野川晶

小沢道成

高橋奈津季

三上陽永

大杉さほり

杉浦一輝

STAFF

美術＝池田ともゆき、音楽＝HIROSHI WATANABE、照明＝伊賀康、音響＝堀江潤、振付＝安達桂子、ヘアメイク＝西川直子、衣裳＝森川雅代、映像＝冨田中理、舞台監督＝村田明・中西輝彦、照明操作＝松本亜未、演出部＝野邉紗保莉・鈴木彩子・伊達紀行、演出助手・映像操作＝元吉庸泰、大道具＝C-COM舞台装置、小道具＝高津映画装飾、記録写真＝阿部章仁、記録映像＝板垣恭一、宣伝美術＝冨田中理、パンフレット写真＝橋本典久、制作＝中山梨紗・関島誠・倉田知加子、プロデューサー＝細川展裕、提携＝座・高円寺／ＮＰＯ法人劇場創造ネットワーク、助成＝日本芸術文化振興基金、後援＝杉並区・杉並区文化協会

ビー・ヒア・ナウ

ごあいさつ

［第三舞台版・1990年8月　シアターコクーン］

夏になると、いつも思い出す風景があります。

それは、北海道の北の果て、礼文島の風景です。

僕は、この島が大好きで、特に、この島の北の果て、日本最北限の岬のある風景が好きなのです。

だってまず、岬の名前がふざけてます。スコトン岬と言います。この名前では、悲劇は生まれません。

「スコトン岬で、すことんと無理心中」という記事は、人生なめとんのかっ、と突っ込みを入れられそうになります。

「日本最北限」という表現も、じつは、間が抜けています。その昔、ここは日本の最北端だと主張していたのに、測量技術が発達した結果、稚内の宗谷岬の方が北にあると分かって、頭を抱え込んでしまったのです。で、しょうがないから、「日本最北限の岬」という意味のありそうで、まったく意味のないフレーズを、ひねり出したのです。

その最北限の岬の近くに、僕が大好きなホテルがあります。

そのホテルの前は、砂浜になっていて、遠浅の海が、ずっと続いていました。

夏、夕日は、この遠浅の海に沈みます。

晴れた日には、遠く樺太の影さえ見える遠浅の海は、視界をさえぎるものもなく、ただ、浜辺の白と海の青が、平等に風景を分け合っていました。その遠近法の風景の消失点に、夕日は沈みました。

何キロにも渡って続いている遠浅の海を歩いていけば、夕日は、つかまえられそうにも思えました。

少なくとも、波の上を走る何百という白うさぎの一匹は、つかまえられそうでした。

夕日を見つめながらの最高のゼイタクは、牛が三頭しかいない礼文島唯一の牧場の「最北端牛乳」を飲みながら（本当に、この名前なのです）日本最北端のタイヤキを（最北端のタイヤキ屋さんがあるのです）ほおばることでした。

僕は、高校時代に、この風景に初めて接しました。

そして、いきなり、なんて懐かしい風景なんだろうと感じたのです。初めてなのに、なんて懐かしいんだろう。そう、ちょうど、バリ島へ行って、多感なＯＬが感じるあの感覚です。

その風景は、再び僕が、スコトン岬にたどり着くまでの十年間、ずっと心の中にありました。そして、再び、その砂浜にたどり着いた時、懐かしい岬と懐かしいホテルが、僕を迎えてくれました。

ただ、懐かしい砂浜には、公園が作られていました。ブランコやジャングルジムのある公園が、懐かしい砂浜の一隅に出来ていました。

夕日は、ジャングルジムのシルエット越しに沈みました。

僕は、しばらくの間、この公園を自分の意識から消そうと試みました。が、公園は正しく、砂浜の一部になっていました。

公園は、現在ブームのリゾート開発とは、全く無縁のものでした。それは、ただ、この砂浜の近くの子供達のために作られたものでした。それは、僕達の知っているまさに、公園そのものでした。ブランコとジャングルジムとシーソーと。まさに、平均的な公園でした。

僕は、はたと考え込みました。そして、僕がこの島の北の果てを好きな理由に思いあたりました。この島の南側は観光で生計を立てている。が、僕の好きな北側は、ごく普通の漁業で生計を立てている。だからこそ、僕は、北の果てが好きになったのです。スコトン岬は、ただ、最北限にあるスコトン岬でしかなく、それは、特別な何ものでもない。

そして、僕は、僕の懐かしい砂浜の中に、平均的な公園を、正しく配置したのです。

懐かしい砂浜と、平均的な公園が、決して矛盾することなく、僕の中に同居し始めたのです。

近くの子供達にとっては、この公園が懐かしい砂浜なのでしょう。そして、僕にとっては、この公園は、僕の現在住んでいる萩窪の日常に通じる公園なのです。

ジャングルジムの上に腰かけ、最北端牛乳を飲みながら、最北端タイヤキをほおばっていると、夕日は、十年前と同じように沈んでいきました。

あの時、僕は懐かしい人と二人で、この夕日を見つめていました。

見に行こうと約束したまま、ついに、見ることのなかった懐かしい人もいます。

そして、僕も、多忙のあまり、ここ何年か、この夕日を見ることはありません。ですが、僕の心の中には、懐かしい砂浜と平均的な公園が同居したまま、僕に語り続けているのです。

それは、例えば、懐かしい人の誕生日が来た時のように、それは例えば、懐かしい人が好きだったドレッシングを口にふくんだ時のように、僕に語りかけます。

懐かしさと、新しさと共に、こう語るのです。

今、ここに、お前はいるんだと。こうして、今、ここに、お前はいるんだと。

今日は、本当にどうもありがとう。

ごゆっくりお楽しみ下さい。では。

鴻上尚史

大阪版ごあいさつ

〔第三舞台版・1990年　近鉄劇場〕

今回は劇場のスケジュールの都合で、大阪が初日となりました。これは、もちろん、いままでなかったことで、役者、スタッフ共々、じつは混乱しています。

というのも、初日の幕が開いて、小道具に直したい所が出ても、サテンの真っ赤な生地はどこで売っていて、FRPはどこで安く手に入るか、まったく分からないのです。

役者も役者で、いつも、声が危なくなると通っている「喉注射《のどちゅう》」の病院にも行けず、枕が変わると安眠できない奴がいて、それはそれで、苦労しているのです。

役者の小須田なんぞは、「きっと大阪初日だと、役者は緊張して、酒飲んで暴れられないから、ホテルから苦情もこないし、そのために、こんなスケジュールにしたんでしょう。いいえ、あっしには、すべて、お見通しです。うっしっしっしっ」と笑っていましたが、それは大きな間違いです。

それでも、筧利夫のパワーと勝村政信のネット・ワークをあなどってはいけません。ちなみに『デジャ・ヴュ'86』の初大阪公演の直接のきっかけとなったプロデューサーのねっちー細川さんは、大阪でのネット・ワークを食いつぶしてしまい、静かなものです。本人の弁によると、「一時は、ホテル要らずの細川とまで言われた俺がよ。俺は、生まれ変わったのさ。とほほ」ということです。

それにしても、京晋佑の大阪に住んでらっしゃる妹さんは、美人です。

僕の子供の頃、近くに田坂のたーぼという友達が住んでいました。たーぼと言っても、人造人間のように特別なエンジンを体の中に埋めこんでいるわけではなく、ただ、名字が田坂だったから、たーぽでした。

たーぼは、大きな呉服屋さんの子供で、いわゆる、お金持ちの家の子供でした。つまり、たーぼは、僕達の間では、「ドラエもん」に出てくるスネ夫のような存在だったのです。

たーぼの家に行くと、ダンボールに一杯のおもちゃがありました。いつも、たーぼは、それらのおもちゃを無造作にダンボールに放り込んでいました。下の方に押し込まれているおもちゃは、上のおもちゃの重みで、壊れかけてもいました。それが、ラジコンの飛行機だったり、リモコンの戦車だったり、それはそれは、高価なものでしたから、僕達はいつもため息まじりに、おもちゃの山を見つめていたのです。

何回も、たーぼの家に遊びにいくうちに、僕達は、たーぼがもう決して遊ばなくなったおもちゃがあることを発見しました。つまり、ラジコンの飛行機は、何度、たーぼの家に遊びにいっても、ダンボールの下の方に押し込まれたままでした。

幼い僕達は、すぐ、次のような考えを持ったのです。「ひょっとすると、もらえるかもしれない。だって、たーぼは、もう何カ月もラジコンで遊んでないのだから。ラジコンも僕達にもらわれた方が、きっと幸せさ。そうさ、そうさ」

子供の考えというものは、いつも、驚くほど、簡潔なものです。ですが、真実の言葉というものは、いつも、驚くほど短いものです。

友達の一人が、とうとう、たーぼに「ラジコン、くんないか」と言いました。すると、たーぼは「ラジコン？」と不思議そうな顔をして、そして、次の瞬間、「だめだよ。僕、このラジコン大好きなんだから」と言ったのでした。

僕達は、驚きました。それは、その言葉が、子供特有の御都合主義から出た言葉だったからではありません。その言葉が、たーぼの口から出たその言葉が、真実の響きを持っていたからです。

今、本当に、たーぼは、ラジコンが大好きなんだ。そう、僕達は、納得しました。

「だって、ずっとラジコンで遊んでなかったじゃないか。君の発言は、おかしい」とドラエもんの出来杉君のような発言をした友達もいましたが、僕達は、たーぼが、本当のことを言ってるような気がしていました。

しばらく、たーぼは、そのラジコンで本当に楽しそうに遊んでいました。やがて、そのラジコンが欲しいと言った友達が、帰りました。すると、たーぼは、「ラジコン、飽きちゃった」と言って、突然、ラジコンで遊ぶことをやめたのです。

僕達は、その発言もまた、本当かもしれないと思っていました。

その後、しばらくして、突然たーぼは、僕達の前から消えました。呉服屋さんが、倒産して、借金を返せず、一家で夜逃げしたのです。大人達の話を総合すると、どうやら、たーぼのお父さんがギャンブル好きで、どんどん借金がかさんで、夜逃けになったようでした。

僕は夜逃げという単語が実在するということにショックを受けましたが、それよりも、一日で、たーぼの家族が、いえ、たーぼがいなくなったという事実の方が、ショックでした。

そして、それを、ありうることと受けとめていた大人の反応も同じようにショックでした。

それから何年かして、テレビに出ているタレントが、じつは東京の高校に行っていたたーぼのお姉さんだと聞かされて、僕は、何故か、涙が出そうになりました。その事を僕に告げた友達も、たーぼと一緒に遊んでいた友達でしたが、僕の反応に驚いたようでした。

僕は、その事実を聞かされた時、ただ叫び、泣き、興奮したのです。

たーぼは、僕に、いろんなことを教えてくれました。ラジコンの不思議なエピソードと全く逆のこともありました。僕が縁日で買った蛙の人形を、たーぼは異様に欲しがりました。そんな安いおもちゃは、きっと買ってもらえなかったのでしょう。僕は急に、その蛙の人形がいとおしくなりました。

そして、たーぼが消えて一週間後、シャッターの下りたままのたーぼの呉服屋さんの前を通った時、僕は、僕自身の存在自体が急にいとおしくなったのです。

その感情は、とても不思議な感情でした。自分でも、まったく訳の分からない感情でした。僕はただ、たーぼにむしょうに、お礼が言いたくて、たまらなくなったのです。何故だか分かりません。ただ、僕は、その、ホコリまみれのシャッターを見つめるうちに、たーぼにお礼が言いたくてたまらなくなっていたのです。

今日は、本当にどうもありがとう。ごゆっくり、ご覧下さい。では。

鴻上尚史

登場人物

北川俊太郎
友部正和
女刑事1・並木享子
女刑事2・茜雲翼
デスラー総統
その部下・ぴゅう
イザベル・ドロンジョ女王
お供のボヤッキー
柄谷哲
その秘書・ワンダ

托鉢僧二人
男1
男2
男3
男4
男5
女1
女2
女3
女4
電話の声

シーン0

光の中に一人の人物が浮かび上がる。

友部　スコット・フィッツジェラルドの『グレート・ギャツビー』は、次のような文章で始まっている。「僕がまだ年若く、いまよりもっと傷つきやすい心を持っていた時に、父がある忠告を与えてくれたけれど、それ以来、僕は、その忠告を心の中で繰り返し反芻《はんすう》してきた。『人を批判したいような気持ちが起きた場合にはだな』と、父は言うのである。『この世の中の人みんな、お前と同じようには恵まれているわけではないということを、ちょっと思い出してみるのだ』」
　スコット・フィッツジェラルドは、一九二九年の大恐慌とともに忘れられた作家となり、再起をかけた作品『ラスト・タイクーン』の執筆中、突然の心臓発作によって44歳の人生を終える。未完のまま出版された『ラスト・タイクーン』は、次のような文章で終わっている。「行動が人格である」

友部にあたっていた光が消え、別な人物（北川）が浮かび上がる。

北川　途方にくれた人生の黄昏《たそがれ》、私が受け取った一通の手紙は、次のような文章で始まっていた。いや、正確には、その文章は始まりであり、終わりでもあった。手紙には、ただ一行、こう書かれていた。『お前を誘拐した』……お前を、誘拐した。

暗転。

音楽。

スクリーンに文字が出る。

『BE　HERE　NOW』

『あるいは』

『讃歌』

文字が終わり、登場人物が現れ、オープニング・ダンスのようなもの。

物語の始まりを告げるエネルギーに溢れた動き。

やがて、終わり、暗転。

シーン1

明るくなる。
北川俊太郎の部屋。
象徴的に机がひとつ。
北川と友部がいる。

友部 なんだって!?
北川 だから、そういうことだよ。その手紙には、たった一行「お前を誘拐した」って書いてあったんだよ。
友部 「お前を誘拐した」……それで?
北川 それでって?
友部 それで、お前は誘拐されたのか?
北川 僕は今、お前の目の前にいるんだぜ。誘拐されてるわけないだろう。
友部 いや、お前が知らないうちに、お前は誘拐されているのかもしれんぞ。
北川 僕の知らないうちに?
友部 そうだよ。現代は自分の知らないうちに、犯人にされる時代なんだぞ。パソコン遠隔操作事件で、片山被告の代わりに間違えて逮捕された四人のうち二人は、いつのまにか自白してたんだ。やったとかやってないとか関係ないんだ。
北川 じゃあ、僕は僕の知らないうちに誘拐されたのか。
友部 ありうるぞ。
北川 どこに?
友部 どこって、お前がここにいるんだから、お前の家だろう。
北川 じゃあ、僕は僕の知らないうちに、僕の家に誘拐されたのか?
友部 深い! なんて、哲学的な問いなんだ。どうだ、誘拐されたという自覚はあるか?
北川 そんなものはないよ。ただ、
友部 ただ?
北川 あんまり、いい気持ちはしないよね。自分の人生が自分の人生じゃないっていうか……なんかモヤモヤする。
友部 それで、誘拐されて生活は何か変わったのか?
北川 いや、たぶん何も変わってないと思う。
友部 たぶん? お前らしくない言い方だな。
北川 深く考える前に、今日、二通目が来たんだ。

友部　二通目？　なんて書いてあったんだ？
北川　たった一行、「京都にいるお前を誘拐した」
友部　「京都にいるお前」……どういうことだよ？
北川　分からないよ。まったく分からない。
友部　京都って、京都に行く予定なんかあったのか？
北川　ないよ、全然。それどころか、ここ何年も京都には（突然）あっ。（言葉を失う）
友部　……どうしたんだよ。
北川　昨日の朝、京都へ行きたいと思ったんだ。いつものように起きて、いつものように顔を洗いながら、京都に行きたいって、泣きたいぐらい思ったんだ。
友部　……警察へは？
北川　とりあってくれないよ。ここは病院じゃないって言われるに決まってる。
友部　そうだな。
北川　どうしたらいいと思う？
友部　どうしたらって……なにか心当たりはないのか？誘拐とか、京都とか。
北川　ない、と思う。
友部　一通目が来たのはいつなんだよ？
北川　二週間ぐらい前かな。
友部　二週間前？　だって、お前、先週電話で話した時は、何も言わなかったじゃないか。
北川　まあ、いろいろあってさ。
友部　いろいろ？
北川　でも、今日、二通目が来たから。
友部　気になるんだな……。
北川　一通だけだと単なるイタズラかもしんないけどさ、二通も来ると、
友部　お前は昔から神経質だからなあ。おぼえてるか？通学路の途中でさ、ものすごく吠える犬がいたじゃないか。鎖に繋《つな》がれてるから大丈夫だって、何回言っても、お前は、「明日、あの鎖は切れるかもしれない」って、絶対にその道を通らなかったんだ。
北川　鎖はいつか絶対に切れるんだよ。
友部　……じゃあ、誘拐の目的とか犯人とか釈放の条件とか、移動を伴わない誘拐とは何かとか、じっくり考えたらいいんじゃないか。不安と戦う唯一の方法は、思考することだからさ。
北川　ああ……。
友部　（腕時計を見て）お、もうこんな時間。じゃあ、俺、そろそろ。
北川　要《い》るんだろ。
友部　えっ？

北川 えって、そのために来たんだろ。

友部 いや、そんなつもりじゃ、

北川、**封筒を差し出す。**

北川 これぐらいしかないんだけど。

友部 いや、いいんだよ…（と言いながら、流れ作業にように封筒を受け取り）そうか。悪いなあ。

北川 新人賞、ダメだったの？

友部 いや、結局、応募しなかったんだ。

北川 また、書けなかったの？

友部 いや、どうも物語を創《つく》る気持ちにならなくてさ。

北川 言い訳？

友部 世の中はこんなに複雑なんだぞ。それを、30字×《かける》40行100枚にまとめることのインチキにどうしても耐えられないんだよ。

北川 （呆れて）インチキって……

友部 物語ってのは、結局、人間の都合のいい言い訳だからさ。

北川 ……もう、お金、貸せないと思う。

友部 大丈夫。絶対に返すよ。俺、間違いなく、有名な作家になるからさ。

北川 いや、仕事、やめたんだ。

友部 やめた？　いつ？

北川 三週間前。

友部 三週間。どうして⁉　もうすぐ、モチベーターとかになるって。

北川 一応、なったんだけどね。

友部 それが目標だったんだろ。

北川 まあ、心境の変化かな。

友部 誘拐の手紙と関係があるのか？

北川 手紙はやめた後、来たんだから。

友部 そうか。お前ね、俺みたいにフリーターで暮らそうなんてのは、大きな間違いだよ。

北川 また仕事を捜すよ。僕は、友ちゃんと違うんだから。

友部 そうしなさい。説教できる立場にいない奴の説教ってのは、ありがたいもんだぞ。俺はただ、小学校の先輩というだけで、お前に金を借りて、説教してるんだから。

北川 違うだろう。そのうち、何倍にもして返すからだろう。（突然）あ。

友部 どうした？

北川 いや、デジャ・ヴュ現象だ。以前にも、こんな情けない会話をしたような気がする。

友部　したんじゃないか？　俺、何回も借りてるから。
北川　そうか。
友部　じゃな。

友部、去る。

友部、去ろうとする。
と、北川の前を托鉢僧が二人、通りすぎる。
驚く北川。

北川　おい！
友部　えっ？
北川　今の、
友部　今の？
北川　見なかったのか？
友部　何を？
北川　だから、托鉢《たくはつ》の坊主《ぼうず》が、
友部　托鉢？　京都にいるような？
北川　えっ……

間。

友部　北川、お前、ちゃんと寝てるか？　……俺、行くけど、また顔出すわ。じゃな。

シーン2

北川　そして、戸惑いの数日後、三通目が来た。

チャイムの音。

女刑事が二人、颯爽と入ってくる。

並木　誘拐事件の現場は、こちらですか？

北川　来てくれたんですか!?

並木　日本の警察を甘く見てはいけません。何せ、検挙率、世界一ですから。ちなみに、何故《なぜ》かご存じですか？

北川　は？　えっと、交番ですか？　交番があるから、怪しい奴を、

並木　違います。欧米の警察は、そう勘違いして交番を作りましたが、検挙率は上がりませんでした。アングロサクソン、バカばっかりです。

茜雲　（笑う）

北川　じゃあ、

並木　国民全員が警察官だからに決まってるでしょう。私ら、巡回に回るだけで、隣の学生は目つきがロリコンだの、二階にアニヲタが引っ越してきただの、どこもかしこも警察官ばっかし。（謳い上げる）『世間体とは、警察官とみつけたり』

茜雲　いよっ！　（熱烈な拍手）

並木　（その拍手を手で制して）いや、失礼。悲しんでばかりはいられません。早速ですが、誘拐事件だそうで、どなたが誘拐されたんですか？

北川　私です。

間。

並木　もう一回、言ってくれませんか？

北川　私です。私が誘拐されたんです。

女刑事二人、指で銃の形を作り北川に突きつける。

並木　坊や。自分の淋しさは自分で引き受けなさい。

茜雲　次やったら、本物の銃が歌うわよ。

並木　帰るぞ。

茜雲　はい。

刑事二人、去りかける。

北川　だって、本当なんです！　本当にお前を誘拐したっていう手紙が三通も来たんです！

並木・茜雲　……。

北川　「誘拐する」っていう予告かもしれないじゃないですか！　せっかちな犯人が、予告する前にフライングして「誘拐した」って書いたかもしれないでしょう！

並木・茜雲　……。

北川　日本語が不自由な犯人かもしれませんよ！　未来形と過去形を間違えて、「誘拐する」を「誘拐した」って書いたんですよ！

並木　……おかしいと思ったのよ。

北川　は？

並木　係長が「並木《なみき》、誘拐事件らしい。ちょっといってこい」っていうからさ。あー、あたしもやっと認められたのかって喜んだのよ。百草園東署《もぐさえんひがし》、刑事生活安全課の戦力外刑事《デカ》と呼ばれたあたしがとうとう一人前に扱われたのかって感動したのよ。それが、どう!?待ってたのはタダのバカじゃないの。

北川　タダのバカじゃないです！

茜雲　手紙を見せてもらえますか？

並木　**（驚いて）**茜雲《あかねぐも》刑事。

茜雲　並木刑事はお休みください。私がバカの相手をします。

北川　バカじゃないです！

茜雲　バカ、早く手紙を見せる！

北川、慌てて、机の中から手紙を取り出し、茜雲刑事に渡す。

茜雲　**（手紙を読んで）**ほお、二通目が京都……

北川　じつはかくかくしかじか、

茜雲　京都の思い出は？

北川　えっ？

茜雲　泣きたいぐらい行きたかったんだから、何かあるでしょう？

北川　ええ、……一番、思い出深いのは、高校時代に行った時のことでした。

茜雲　高校時代。

北川　失恋傷心《しつれんしょうしん》一人旅《ひとりたび》の思い出です。それは讃岐《さぬき》うどんのだし汁のような淡い思い出でした。……高校三年生の時、僕は、ひとつ年下のバスケ部のさっちゃんと交際を始めたのです。

並木　突然、何、モノローグ、始めてるのよ！　こら、照明！　なによ、このモノローグ・ピンは⁉

北川　さっちゃんはちっちゃくて、ぽちゃっとして、とても可愛い女の子でした。僕達は相談して、一緒に帰るために、さっちゃんのクラブ活動の間、図書室で受験勉強をすることにしました。約束した最初の日、六時近く、さっちゃんは楽しくてしょうがないという顔で、はあはあと息をはずませながら、図書室に飛び込んできました。少しでも早く僕に会うために、校舎の四階にある図書室まで、彼女は全力で階段を駆け上がってきたようでした。僕は、彼女の弾む息と、きらきらと輝く笑顔を見た瞬間、ですが、哀しくてたまらなくなったのです。

並木　どうして？

北川　やがて、彼女は四階までの階段を歩いて上がるようになるだろう。そして、どこかで時間を潰してから来るようになるかもしれない。いえ、そのことが哀しいのではないのです。たった今、彼女のはあはあと息をはずませた、はじけるような笑顔を見てしまった自分と、将来少しも息の乱れていない彼女を見てしまう自分との距離が、ただ哀しかったのです。未来の、静かに微笑《ほほえ》む彼女を見つめる僕の眼差《まなざ》しが記憶する、はじけるような現在が哀しかったのです。だから僕は、その場で、泣きながらさっちゃんに別れを告げたのです。

茜雲　（泣く）おーい、おーい、おーい。

並木　あんた、ばっかじゃないの！

茜雲　哀しいわ。よく分からないけど、なんて哀しいお話なの。

並木　ばかよ。二人ともばか。だってそれは、結局、人生の可能性に負けたってことでしょう。

北川　人生の可能性？

並木　そうよ。溢《あふ》れる人生の可能性に怯え、負けたってことよ。まったく。（茜雲刑事に）手紙をちょっと見せて。（三通目を見て）あら、なによ、これ。

北川　なんです？

並木　三通目よ。「お前を誘拐した。釈放して欲しければ、ノートを渡せ」……犯人からの要求じゃないの。

北川　そうなんです。

並木　それを早く言いなさいよ！

北川　それが、なんのことだか、まったく分からないんです。

茜雲　ノートに心当たりは？

北川　まったくないんです。
並木　仕事関係のノートじゃないの？　仕事は何してるの？
北川　コーチングの会社に勤めてたんですけど、最近、やめました。
茜雲　コーチなの？　サッカー？　野球？　見えないわね。
北川　いえ、スポーツではなく、主にビジネスマン対象のコーチです。一言でいえば、「相手の中に眠っている能力を引き出し、仕事と人生に対する可能性を高める」仕事です。
並木　コーチングねえ。
茜雲　で、それとノートはどういう関係なの？
北川　それがまったく……。

間。

並木　帰るわよ。
茜雲　はい。
北川　刑事さん！
並木　スマホをトイレに落として修理に出す時みたいなすがる目をするんじゃない！　もしなにかあったら、と言って誘拐されてるって言ってるんだから、釈放でもされたら連絡するように。それじゃ。

刑事1・2、去る。

北川　僕には、ノートがいったい何のことだか、本当に分からなかった。……あいつが来るまでは。

暗転。

シーン3

光の中に、マント姿のデスラー総統が浮かびある。

総統　『エヴェレットの多世界解釈』という言葉をご存じですか？　一九五七年、プリンストン大学の大学院生だったヒュー・エヴェレットは、量子力学の不確定性原理に対して、画期的な解釈を提案しました。電子が多重に存在するのなら、シュレディンガーの猫と呼ばれる存在も多重に存在し、そして、それを見ている人間もまた、多重に存在する。つまり、この世界は、単一ではないと想定できると。
　物理学の最先端、量子力学のひとつの提案は、人間の認識を変え、世界の可能性をあぶり出しました。
　愛する人をホームで見送る時、あなたは一緒に乗り込む自分を想像する。愛が深ければ深いほど、別れがつらければつらいほど、電車に乗り込む自分を強く強く想像する。そして、ホームに残る自分を呪う。その時、あなたの人生は分裂する。ホームで涙をこらえ胸張り裂ける思いで見送るあなたと、胸踊らせて電車に乗り込むあなたに、あなたの「今　ここ」が分裂する。
　もちろん、ホームに残ったあなたと電車に乗り込んだあなたは決して交わらない。ただ、別々の世界で、あなたは同じ時間同じ場所に立つことがある。奇跡的に「今　ここ」が重なりあう瞬間がある。その時、あなたは自分以外の人生を感じる。その感覚が「デジャ・ヴュ」だ。

北川に鋭く光が当たる。

北川　**（語気荒く）**誰だ、お前は!?
総統　私の名はデスラー総統。あなたを助けにきました。
北川　なに？
総統　『宇宙戦艦ヤマト』に出てきた悲劇の指揮官、デスラー総統ですよ。知りませんか？
北川　知らん。
総統　……。

総統、いじける。
同じくマント姿の部下、現われて、

部下　総統！　いじけてる時間はありません！

総統　**（気を取り直して）**誘拐されたあなたを釈放しましょう。その代わり、六月二日、最後のセッションで何があったのか、教えてもらおう。

北川　釈放!?　手紙を書いたのはお前達か！

総統　最初で最後の、たった一回だけのセッションで、何があったのですか？

北川　最後のセッション……。

部下　何があったか、言うんだ！

北川　断る！

総統　ならば、あなたは永久に誘拐されたままですよ。

北川　……。

総統　何があったのですか？　あの日。

北川　あの日……

総統　何があったのです！

シーン4

音楽！

その瞬間、サラリーマン・OLの格好をした人々が飛び出てくる。
男も女もそれなりのスーツ姿。（つまりは、オフィスにいる姿。そして、全員が、カバンを手に持っている。ビジネスバッグやポーチなど）
そして、バッグをもったまま、踊り始める。
北川が煽り、全員が従うという感じ。
総統役と部下役の俳優も素早くマントを取ると、下はスーツ姿。（北川の服はそのままで参加）
ひとしきり踊った後、全員が半円の形になる。
北川、その中心に立ち、

北川　そうです！　コーチングはあなたからあなたそのものを引き出します！　あなたの能力、あなたの潜在力、やる気、アイデア、忘れていた言葉！　答えはすべて、あなたの中にあるのです！　人には無限の可能性があると信じるのです！　セイ、イエス！

全員　イエス！

北川　セイ、イエス！

全員　イエス！

北川　セイ、イエス！

全員　イエス！

北川　セイ、イエス！

全員　イエス！

北川　さあ、心のバリアを解き放つのです！

北川に代わって、男1が半円の中心に立つ。

男1　今まで、会社の研修でいろんなコーチングやファシリテーションを受けてきました。でも、なにかが違うと思ってました。今、とうとう見つけました！　パワーコーチングで私は変わりました！　コミュ障《しょう》の自分を受け入れ、愛することができたのです！

全員　（拍手）

全員、口々に激励の声。
「おめでとう！」「コミュ障万歳！」「本当の自分に出会えたんだね！」などなど。

女1　みなさん、聞いて下さい！　私は、ずっと自分の人生を否定的に捉えてきました。なんでも悪いほうへ悪いほうへ考えてきました！　それというのも、私の両親は、相撲《すもう》取りと熊だったからです！　私は着《き》痩《や》せして見えますが、今でも体重が百キロあります！　でも、私は自分の可能性に気づきました！　関取でいいんだ、熊でいいんだ！　どすこいガオー！

全員　（拍手）

そして、口々に激励の声。
「やせなくていいぞー！」「ガオー！」「ごっつぁんです！」

男2　みんな、聞いてくれ！　俺は言葉がちゃんと言えない！　どんな言葉も嚙《か》む！　間違いなく嚙む！　でも、コーチングを受けて二度と嚙まなくなりました！　それはまるで、格差社会に苦しむ老若男女《ろうにゃくなんにょ》の低所得層が骨粗鬆症《こつそそうしょう》の摘出《てきしゅつ》手術を受けて、赤パパイヤ・黄パパイヤ・茶パパイヤのお見舞品をもらい、医者が過失致死の危険から解き放たれたような気持ちです！

全員　（拍手）

途中で嚙んだら、その瞬間に全員、拍手。そして、「変わってないな！」「ボケ最高！」「嚙んでこそ人生！」など。
全部を嚙まずに奇跡的に言えたら、同じく拍手をして「言えたな！」「奇跡は起こるんだな！」「オチはないのか！」など。

男3　みなさん！　僕はセールストークをするのがとても苦手でした。それというのも、自分の顔が異様に老《ふ》けているからです！　僕は小学校一年生からずっとこの顔です。中学校の入学式では、自動的に「保護者席」に案内されました。でも、今、コーチングによって気づきました。老けてていいんだ！　老け顔こそが自分自身なんだと！

全員　（拍手）

そして、口々に激励。
「よ！　年寄り！」「老け顔万歳！」「おめでとう！」「本当に自分の出会えたんだね！」など。

女2　みなさん！　私はいつも「かわいい」「かわいい」と言われてきました。仕事は一切評価されず、ただ「かわいい」とだけ言われてきました！　コーチングを受けて気づきました。私は本当にかわいいです！

男5　ちぇすとー！

と言いながら、男5、女2に飛び蹴り。
女2、吹っ飛ぶ。
北川、センターに立ち、

北川　みなさんは全員、自分の人生の物語を持って、ここに来ています。さあ、それを捨てて、新しい物語を創るのです！　人生の新しい物語を手に入れれば、新しい人生が始まるのです！

全員　**（拍手と歓声）**

北川　私達の人生は実際起こったことによって創られているのではありません！　私達の人生は、実際に起こったことに対して、あなたがつけた意味によって創られているのです。事実は存在しない！　ただ、解釈だけが存在する！　あなたが事実だと思っているものは、ただの解釈なのです！

全員　**（拍手と歓声）**

北川　さあ、たった今から新しいステップに踏み出しましょう！　パワーコーチングは、新しいあなたを応援します。パワーサプリメントが、あなたの力となるでしょう。**（と、容器を取り出し）**これはプロポリスとプラセンターエキスを合わせた健康サプリメントです。あなたの体の波動を高め、有害な毒素を排出します。新しい物語を手に入れるために、ぜひ、このパワー・サプリメントをお飲み下さい！

女4　いくらですか!?

北川　一カ月分、60錠入った一個が三万円。二個だと特別価格五万円です！

男4　五万円!?

北川　今回は特別に、コエンザイムQ10**（キューテン）**を配合したスーパーパワーサプリメントを一個八万円でお売りします！　これは、体の奥深く眠るチャクラを覚醒《かくせい》し、生命波動を120倍にする力があります！　あなたの新しい人生を輝かしい時間に変えてくれるのです！

女1　北川《きたがわ》モチベーターー！　ひとつ下さい！

男2　ちょっと待てよ！　俺たちはコーチングのセッションに参加したんだぜ！　話が違うだろう！

女3　何言ってるの！　安いものじゃないの！　一カ月八万円で人生を変えられるのよ！　安いものじゃないの！

男4　だって、これじゃあ、新興宗教の朝鮮人参と一緒じゃないか！

女4　ああいうのは何十万もするでしょう！　これは一

個、三万円なのよ！　全然、違うでしょう！
男１　そうだよ！　だいいち人生を変えれば、三万円なんてすぐに取り返せるんだよ！　そうですよね！　北川モチベーター！
女２　本当ですか⁉　本当にパワーサプリメントは効くんですか⁉
女３　決まってるじゃないの！　ここまで私達をコーチしてくれた北川モチベーターを疑うの⁉
女１　北川モチベーター！　八万円のスーパーパワーサプリメントを下さい！
女３　私も下さい！
女４　私は三万円のを！
男１　僕も！
女２　私も！　私の人生を変えてくれるんですよね！
女１　私、この錠剤毎日飲んで、生命波動をうんと高めて、毒素を一杯出して、50kg、痩せます！
北川　……いえ、この商品にそんな力はありません。

全員、えっ？　という顔。

女２　何を言ってるんですか？
北川　この商品は、健康にはなりますが、毒素とか生命波動とは関係ありません。いえ、そもそも毒素とか生命波動とか、そんなものが存在しているかどうかも分かりません。
女３　北川モチベーター！　何を言いだすんですか⁉
男４　インチキだと認めるのか！
北川　あなた方は、こんなものに頼らなくても、新しい人生を始めることができるんです！　あなた方一人一人の中には、そういうパワーがあるのです！
男２　インチキなんだな！
女２　私達をだますつもりなの⁉
女１　嘘よ！　効かないはずがないわ！
女４　そうよ！　北川モチベーター！　どうしたんですか⁉
北川　こんなものを買う必要はないんです！
男４　インチキなんだ！　金返せ！
男２　そうだ！　セッションの参加費を返してもらおう！
女１　何言ってるの！　私達は大切な「気づき」をもらったじゃないの！
女３　そうよ！　どうか、そのパワーサプリメントを売って下さい！
男４　インチキなんだよ！

男1　インチキじゃない！

もめはじめる参加者。

その姿を見つめて、混乱し、途方にくれる北川。

混乱は加速度的に増大していく。

激しい苦悩と痛み。

ある一点で、全員の混乱、スローモーションとなる。

その風景の前に、総統と部下が現われる。（総統と部下は、早い段階で去り、本来の衣装に着替えます。それは、パワーサプリメントの説明の時か、みんなが疑問を呈し始めた時か、とにかく間に合う時に）

北川、総統と部下と対峙する。

スローモーションで混乱していた参加者、北川と総統と会話が始まると見えなくなる。（または静かに去る）

総統　そして？

北川　セッションは興奮状態になった……。私の責任なんだ。私があんなことを言い出したから……

部下　コーチングとは名ばかりの、ただのマルチのネットワークビジネスなんだろう。

北川　違う！　パワーコーチングが目指していたことは、今でも胸を張って言えることなんだ。（悔しそうに）ただ、

総統　ただ？

北川　サプリメントは、コーチング業界の競争が激しくなって、社長がしょうがなく売り始めたんだ。

部下　目指すは新興宗教だったのか？

北川　違う！　パワーコーチングは、宗教を信じるほど弱くもなく、理性を信じるほど愚かでもない人々の集まりなんだ！

総統　このあと、どうなりました？

北川　このあと？

部下、北川に詰め寄ろうとする。

総統、それを手で制して、

総統　私達は、君を責めているのではない。ただ、私達は真実を知りたいだけだ。

北川　……出て行ってくれないか。

総統　出て行く？　おかしなことを言う人だ。君は誘拐されたんだろう。

北川　ここは私の家だ！

総統　そう。そして、君は誘拐された。どこにもいけないんだよ。

北川　……。

総統　このあとです。参加者は、激しくもめはじめた。
　そして？

北川　……会場が騒然として、泣きだす者、叫び出す者、もちろん、男女問わずだ。いくら混乱する場合はあると言っても、この反応は少し桁《けた》が違っていた。私が参加者の時も、アシスタントの時もこんな混乱は経験したことがなかった。すべては私の責任なんだ。私の……

総統　そして？

北川　そして!?

総統　そう。まだ、続きがあるだろう。

　間。

北川　えっ!?　じゃあ、ノートって言うのは……

総統　やっと分かっていただけましたか。

北川　いや、しかし、そんな……

総統　続きを。私は知りたいのです。そして？

北川　……凄《すさ》まじい興奮の真ん中で私は立ち尽くしていた。待っても待っても、混乱はおさまる気配はなかった。それどころか、参加者の叫び声はますます大きくなった。その時、奇妙としかいいようのないことが起こった。……その壮絶な叫びは、次第にひとつの声に集まり始めたんだ。

総統・部下　！

北川　やがて、それは、ひとつの声になった。何十人の叫び声と泣き声がひとつの声になったんだ。それは不思議な声だった。

部下　録音したのか？

北川　参加者の秘密厳守のために、録音は存在しない。ただ、私はその声を夢中で自分のセッションノートに書き写した。

総統　そのノートですよ。私が欲しいのは。

北川　……どうして？

総統　どうして？　自分が何を書いたか、覚えてないのですか？

北川　書いた瞬間に、激しい吐き気に襲われた。一度も読み返してない。もう忘れたことだ。

総統　ノートはどこです？

北川　どうしてなんだ!?

総統　ノートはどこです！

北川　説明しろ！　しないと言わないぞ！

部下　言わないと釈放しないぞ！

と、ドアをドンドンと叩く音。

ワンダ（声）　北川さん！　北川さん！

北川　はい！

ワンダ（声）　警察です！　開けなさい！

総統　ちっ！

部下　総統！

総統　ここで騒ぎはまずい！

二人、走り去る。

シーン5

ワンダ（声）　北川さん！　開けなさい！

北川、慌ててドアの方に急ぐ。（それは、総統達が去った方向と反対）開けるアクション。

ワンダが入ってくる。

ワンダ　北川さんでいらっしゃいますね？

北川　はい。……あの、警察の方ですか？

ワンダ　ボス、どうぞ。

柄谷哲、登場。

柄谷　ごくろう。

ワンダ（北川に）警察ではありません。すみません。至急、あなたにお会いしたかったもので。

柄谷　余計なことは言わなくていい。

ワンダ　はい。

ワンダ、一歩下がって二人を見る。

柄谷　これは失礼。私はこういうものです。

と、柄谷、名刺を渡す。

北川　マーケティング・ネットワーク・フィメノロジー代表……

柄谷　柄谷哲《からたにてつ》。あなたのモチベーター時代のノートがぜひ必要なのです。

北川　またノートか！　帰って下さい！

柄谷　また？　私達以外にノートを求めている人間がいるんですか？

北川　たった今までここにいましたよ。なんて日だ！これは何かの冗談ですか！

ワンダ　冗談？　失礼な。これはきわめて理性的な交渉です。

柄谷　黙ってなさい。30万出しましょう。それで、売ってくれますか？

北川　30万!?

柄谷　不満ですか？

北川　からかってるのか？
柄谷　これは真剣な提案ですよ。
北川　じゃあ、説明しろ！　どうしてノートが欲しいんだ。
柄谷　……いいでしょう。我々が本気だと分かっていただくためには説明したほうがいいようですね。
北川　なんなんだ！
柄谷　発端は、ネットで見つけた動画なんです。
北川　動画……
柄谷　その動画は、ホテルから身を投げたある男の最後の言葉、遺言だったんですがね。この男は、上司のミスの責任を押しつけられたようでね。重要な取引先を失い、会社に多額の損害を与えたと責められて。言いたいことが山ほどあったんでしょう。ホテルの窓をバックにさんざん、グチめいたことを言っていましたよ。それよりは、窓の向こうに映っている青空がやけに綺麗《きれい》でね。最後に、自分はいつも苦しい時には、この言葉を口の中で繰り返しつぶやいてきた。今までは、それだけで、心の中にエネルギーが満ち溢れた。でも、もうだめだ。この言葉を最後まで知っていればよかったのに。そう言い終わって、男は身を投げたのです。その言葉は、ほんの短いフレーズでしたが、確かに聞く者の心の奥深くを確実に刺激するものでした。さあ、それからですよ。その言葉はいったいなにか？　全部というのは、いったい、どういうことか？
北川　それが、私となんの関係があるんだ？
柄谷　その男はあなたの最初で最後のセッションの参加者だったんですよ。
北川　えっ……。
柄谷　やっと突き止めました。自分で言うのもなんですが、苦労しました。なにせ、意味不明の文章ですからね。
ワンダ　(思わずつぶやく)　おおぞさんが、
柄谷・ワンダ　(柄谷も同時に)　なざんか、きゅうさんか、もさんか……
柄谷　ぶつぶつとつぶやく男の言葉は、そうとしか聞こえないんですよ。それなのに、この言葉を繰り返すうちに男の表情はじつに優しいものに変わる。確かに、口に出せば私達の深い部分が動かされるような気がする。
北川　何かの間違いだよ。
柄谷　いえ、あらゆる可能性を検証して分かりました。これは、私達のＤＮＡに刻まれた記憶の音です。
北川　なんだって？

柄谷　二〇一三年アメリカの研究チームがマウスの痛みの記憶が遺伝することを証明した実験はご存じですか？　オスのマウスの足に電気ショックを与えながら、サクラの花の匂いをかがせた。その後、メスとつがいにし、生まれてきた子供にさまざまな匂いをかがせた結果、サクラの匂いの時だけ、強く怯《おび》えるしぐさをみせた。孫の世代も同じ反応をみせた。

ワンダ、『本当の話』と書かれたプラカードを客席にみせる。

柄谷　父マウスと子孫の精子のＤＮＡを調べると、嗅覚を制御する遺伝子に変化の跡があった。私達の遺伝子には、私達の生きてきた記憶が刻まれているのです。考えてみれば当り前のことです。なぜ、我々は暗闇を生理的に怯えるのか。蛇を初めて見る子供はなぜ、驚き、拒否反応を示すのか。すべて、遺伝子に刻まれた記憶なのです。なぜ、私はもてるのか？　それもまた、私のＤＮＡに刻まれた魅力なのです。

ワンダ、『本当の話』のプラカードをひっくり返す。『笑えない嘘』と書いてある。ワンダ、観客に謝りのお辞儀。

柄谷、それを見て、

柄谷　『笑えない』は余計だろう！　嘘とだけ、書けと私は言ったんだぞ。……失礼。和《なご》やかに交渉を進めるために、ちょっとしたジョークを挟《はさ》んでみました。

北川　なんなんですか、あなたは!?

柄谷　あなたのノートには、ＤＮＡレベルで人類を勇気づける言葉が書き込まれているのです。

北川　バカバカしい。

柄谷　理由は分かりません。なぜ、そんなことが起こったのかも私には分からない。けれど、遥《はる》か昔、海を初めて見た日本人の祖先が、なんと表現していいか分からず、思わず「うっ……」と口ごもり、目の前に広がる波うつ空間を「うみ」と名付けたように、あなたのノートには、どこかの時代でＤＮＡに刻まれた言葉の記憶が書かれているのです。

北川　たいした想像力だよ。

柄谷　どの時代なのかは分からない。けれど、その言葉は、私達の今を刺激し、揺さぶり、生きる力を生み出すのです。

北川　……。

柄谷　30万出しましょう。それで、売ってくれますね。

北川　冗談に30万円か。

柄谷　分からないな。
北川　えっ？
柄谷　モチベーターとしてデビューして、一回でやめたということは、忘れたいことなんじゃないですか？もう、記憶にもないノートなんでしょう。ためらう理由はないはずです。
北川　……。
柄谷　さあ、売って下さい！

北川、迷う。

シーン6

と、声がする。

女王 20万円、出しましょう！

イザベル・ドロンジョ女王が、お供のボヤッキーに派手な日傘を差しかけれらた状態で、ど派手に登場。

女王 20万円、出しましょう。私に売って下さい。そうすれば、あなたは幸せになります！

北川 どこから入ってきたんですか？ 玄関はこっち（と、反対の袖を指し）ですよ。

女王 そんなちっぽけなリアリズムは、カップ焼きそばの湯切りと一緒に、シンクに流すがいいわ。

ボヤッキー 湯切りをすると、シンクがベコッ！

女王 こんばんは。私はイザベル・ドロンジョ女王です。

ワンダ イザベル・ドロンジョ女王？

女王 おや、私を知らない？ ボヤッキー、この女は私を知らないようだぞ。

ボヤッキー 食い物にしか興味のない顔をしています。

女王 私は「宇宙意志協会」の女王である。頭が高い。下げろ。どんどん下げろ。あー、下げて、下げて！

北川 「宇宙意志協会」？

女王 さよう。毎週日曜日、夜八時から一時間、ユーストリームで放送している「宇宙意志・イザベルの時間」を見てないのか？ 私は有名人であるぞ。

ボヤッキー 「心に宇宙意志がなければ、どんなに美しい言葉も相手の胸に響かない」

ワンダ なんなんの、それは！

女王 あら、頭悪いのは、ボスと一緒ね。私は宇宙意志の言葉を語るのよ。

ボヤッキー イザベル様は、聡明で偉大で賢明で全能の宇宙意志とチャネンリングなさって話すことができるのだ。

ワンダ ボス。

柄谷 つまり、イタコだ。青森にもいるよ。

女王 違う！ 私は、チャネラーよ。宇宙意志の言葉をこの世に伝える選ばれた人間なの！

北川 宇宙意志ってなんなんですか？

ボヤッキー　そういう的確でナイスな質問をして下さると、物語がテンポよく進みます。ドロンジョ様。

女王　人間が神と呼んだり、運命と呼んだりしているもの。この世のたったひとつの真理のことです。

柄谷　バカバカしい。

女王　愚かな迷えるブタよ。**（声が変わって）**やめなさい。イザベル。彼は迷っているのです。彼は、愛をまだ知らないのです。

ボヤッキー　お！　宇宙意志が女王に降りたぞ！

柄谷　突然、来るなよ！

女王　彼は悪い観念によって、ただ迷っているのです。やがて、彼は心を解き放ち、過去の悪行を悔やむようになるでしょう。**（ハッと）**えっ、私、どうしたのかしら？

ボヤッキー　ありがとうございます。

柄谷　いい加減にしろ！

女王　では、ノートを売っていただけますね。宇宙意志もそれを望んでいます。

北川　どうしてですか？

女王　さあ、それは**（声が変わって）**それは私の言葉だからです。私は、いつもイザベルを通じて私の言葉を語ってきました。ところがあの時、間違えてしまったのです。イザベルかなーって思ったら、セッションだったのです。その言葉は、本来、イザベルが語るべき言葉です。だから、イザベルに返して上げて下さい。なあに、タダとは言いません。宇宙意志ステッカーをおまけにつけましょう。**（ハッと）**えっ、私、どうしたのかしら。

ボヤッキー　ありがとうございます。女王様、今日は宇宙意志は何回も降りて来られますよ。

女王　そうですか。気圧の関係かもしれません。

柄谷　嘘をつけ、嘘を！

女王　では、売っていただけますね。

北川　冗談はやめて下さい。あれはただのノートなんです！

女王　あなたにとってはただのノートでも、迷える人達にとっては大切なものなのですよ。さあ、20万円、出しましょ。

柄谷　お前、おかしいだろう。こっちは30万出そうと言ってるんだ。あとから出てきて、低い金額言うのって不合理すぎるだろう！

女王　あら、合理はいつも不合理に負けるのですよ。いいですか、歴史はいつもガンコ者やわがまま者が創るんです。なぜなら、優しい人間は妥協して、新しいものを創れないからです。わがままが歴史を創る。

「マイマザー・メイクス・歴史」これも宇宙意志の言葉です。

ボヤッキー　胸に染み込みます。

ワンダ　二人は漫才コンビですか？

柄谷　そんなもんだ。

北川　あの、宇宙意志さんは、何を私達に伝えたいのですか？

女王　さあ、それは**（声が変わって）**それはただひとつです。うんとうんと弱くなること。弱くなって地球の声に耳を澄ますこと。うんと弱くなれば、普段は聞こえなかった小さな悲鳴も溜め息も涙が地面に落ちる音も聞こえるようになるのです。耳を澄まし、小さなものや弱いもの、壊れ行くものに手を差し伸べるのです。**（ハッと）**えっ、どうしたのかしら。

ボヤッキー　ありがとうございます。

柄谷　さ、漫才の練習につきあっている時間はないんだ。こんなイタコは無視して、売って下さい。30万、出しましょう。

女王　20万出しましょう。売って下さいますね。

柄谷　だから、後から堂々と低い金額を言うのはおかしいだろう！

女王　あら、北川さんはお金で動く人ではありませんよ。そうでしょう？

北川　えっ……。

女王　さあ、売って下さい！

柄谷　売って下さい！

女王・ボヤッキー　北川さん！

柄谷・ワンダ　売って下さい！

北川　……。

女王、柄谷、ボヤ、ワンダ、北川に詰め寄る。
その瞬間、総統、部下、飛び出す。

総統　待て！　北川さんをいじめる奴は、この私が許しはしない！

柄谷　誰だ!?

総統　弥勒《みろく》千年王国第二方面軍最高司令官、デスラー総統。

部下　おなじく、その部下！

総統　ノートは私がいただく！

北川の周りに三組が集まる。

柄谷　何を！

女王　北川さん、イザベルに任しなさい！

全員　ノートを！

北川、机まで走り、引き出しの奥に入っていたノートを取り出す。

全員　（口々に）それだ！

北川、素早く、ノートを引きちぎる。

全員　！
北川　動くな！

北川、ライターを取り出し、火をつける。引きちぎられた紙は、一瞬のうちに燃え始める。

全員　えっ!?
部下　貴様ー！

部下、北川に駆け寄り、北川を殴り倒す。
倒れる北川。
その周りに駆け寄る全員。
倒れた北川を見つめる。
暗転。

シーン7

明るくなる。
そこは病院。
北川が頭に包帯を巻いて、病院のベッドに寝ている。
傍に友部と並木刑事。

並木　で、あなたが発見した時には、一人で倒れていたのね。
友部　そうです。なんとなく胸騒ぎがして、彼のマンションに来てみたら、ドアが開きっぱなしで、意識不明のまま、彼が倒れていたんです。
並木　他に何か変わったことは？
友部　なにか、紙を燃やしたような跡がありました。
並木　紙ねえ……あなた仕事は？
友部　フリーターです。
並木　フリーター。なんのバイト？
友部　あ、いえ、今はしてないです。
並木　どうして？
友部　どうしてって、そんなの勝手でしょう。
並木　刑事が質問してるの。どうして無職なの？　どうしてニートなの？　どうして浮浪者なの？　どうして社会的弱者なの？
友部　そんなんじゃないですよ。
並木　じゃあ、なんなの？
友部　……作家志望ですよ。
並木　は？　何？　聞こえなかったわ。もう一回、言ってくれない？
友部　だから、作家志望なんです！
並木　（メモする）「ごくつぶし」と。
友部　違いますよ！
並木　あなた体調は最悪？
友部　いえ、普通ですが、
並木　このバカタレが！　作家ってのは、血吐くのよ。血吐いて人生ボロボロにして、他人の人生を食いつぶして、社会にさんざん迷惑かけて、傑作を書くんじゃないの！
友部　そんな作家、今、いませんよ！
並木　おだまり！　作家ってのは、普通の人に人生の可能性を見せる職業なのよ。だけどさ、こっちはひとつの人生しか選択できないのよ。レストランでケーキ頼むと、大きなトレイに一杯、のっけられてくるでしょう。でも、ひとつしか食べちゃいけなかったら許せる⁉　ケーキだったら二十個全部食べられるのに、人生はひとつしか選べないのよ。そんでもって、選んだひとつが一番美味《おいし》しいかどうか、死んでも分らないのよ！　悔《くや》しいじゃないの！　身震《みぶる》いするほど、悔しいじゃないの！

友部　何が言いたいんですか！

並木　しょうがないから、みんな「学生やってます」とか「ＯＬやってます」って、本当の自分の人生は別にあるんだけど、とりあえず「〜やってます」ってお茶濁《にご》して、この悔しさに耐えてるんじゃないの。だから、あたしだって、「刑事です」っていわないで「刑事やってます」って言ってんのよ。ところが、作家はよ、作家は食べちゃうんだもん、ケーキを。何個も何十個も！　許せる？　許せると思う？　いいえ、普通の神経なら許せないわ。

友部　僕にどうしろって言うんですか？

並木　自分と他人の人生ボロボロにして、血吐いて作品書くのよ。体壊して書くなら、許してあげるわよ。

友部　作家になんか恨みでもあるんですか？

並木　で、犯人の心当たりは？

友部　は？

並木　犯人の心当たりよ。友人なら交遊関係ぐらい知ってるでしょう。

友部　ええ。彼も最近、仕事をやめたばかりで、そのことが関係しているかも。

並木　そうだったわ。二人はごくつぶし仲間ね。ほんとにもう、いい年をした男が。ああ、私をこの生ぬるい日常からかっさらって行ってくれる王子様はどこにいるの？　王子さまあ！　百草園東署、刑事生活安全課勤務並木《なみき》享子《きようこ》はここで、玉のような肌を磨いて待っていまーす！　きゅっ、きゅっ、つるん。きゅっ、きゅっ、つるん。ひっとりでやるとバカみたい！……それとも私は、男に期待しすぎてるのかなあ。ねえ、幸せってなんだと思う？（と、友部にぐっと近づく）

友部　（ドギマギして）えっ、そうですね……

並木　（さっと冷静になって）他に変わったことは？

友部　……あなたは、私をからかってるんですか？

並木　社会的弱者からかって、何が面白いのよ。からかうってのは、いい男と二人でやるから面白いんじゃないの。他に変わったことは？

友部　……手紙が、変わった手紙が来たとか言ってました。

並木　誘拐したって奴ね。
友部　ご存じだったんですか？
並木　今回の事件と手紙は関係があるのか……

と、総統が見舞いの花束を持って登場。

総統　あの、北川さんの病室はこちらでしょうか？
友部　はい。
総統　私、デスラー総統というものですが、お見舞いにきました。
友部　これはどうもご丁寧に。
総統　どうです？　ご容体《ようだい》のほうは？
友部　体は大丈夫なんですが、意識が戻らないんです。頭を強く打ったというわけでもないらしいんですが。
総統　そうですか。どうしたんでしょう。
友部　失礼ですが、北川とはどういうご関係ですか？
総統　え、ああ、なんて言えばいいんでしょう。変な関係です。
友部　変な関係？
総統　いや、誤解しないで下さい。そういう変な関係じゃないですから。やだあ。

と、茜雲刑事が飛び込んで来る。

茜雲　並木刑事！　犯人が分かりました！
総統　（刑事という言葉に驚いて）えっ!?
並木　（茜雲の言葉に驚き）えっ!?
茜雲　犯人は第一発見者の友部正和《ともべまさかず》です。友部は、自分はやがて有名な作家になるという妄想をいだき、返すあてもないまま、言葉巧みに多額の借金を北川さんから続けていたようです。虚言症の上に妄想癖のある男、友部正和が間違いなく犯人です！
並木　あのね、
茜雲　（感極まって）ああ、この一瞬。この一瞬のために、私は刑事になったのです。感動のぶるぶるっ。
友部　あのね、
茜雲　おや、あなたは幸せ者ですよ。この歴史的な瞬間に立ち会えて。お名前は？
友部　友部正和。
茜雲　犯人の襲撃です！　並木刑事！
友部　犯人じゃないよ！　何言ってるんだよ！

と、総統が病室を出ようとしている。
並木、それを見つけて、

並木　すみません。参考までに、お名前をお聞かせ願えますか？
総統　そちは？
並木　百草園東署刑事生活安全課で刑事やってます、並木です。
総統　ちっ！（と、花束を並木に投げつける）

総統、走り去る。

並木　待ちなさい！

並木、後を追う。
茜雲も慌てて、

茜雲　待ちなさい！

と、去る。
残される友部。

シーン8

女王は、自分で紙吹雪をまき散らしている。デコレーションされているが、モノは、搬出の時に使う台車。と、女王がボヤッキーの押す荷車に乗って、華麗に登場。荷車は、

女王　お見舞いに来たわよー！　女王がお見舞いに来たわよー！

友部　なんなんですか、あなたは⁉

女王　おや、私を知らない？　珍しいわね。毎週日曜日、夜八時から、ユーストリームで放送される『宇宙意志・イザベルの時間』を見てないの？

ボヤッキー　「心に愛があっても、口下手ならば、相手の胸に響かない」

友部　宗教の人？

女王　宇宙の真実を語ることが宗教なら、宗教です。けれど、宗教と宗教団体を一緒にしてはいけませんよ。宗教団体を嫌うことと、宗教を嫌うことは別です。

友部　えっ？

女王　して、どうです？　北川さんのご容体は？

友部　ええ。ケガは大したことはないのですが、意識が戻らないんです。医者もよく分らないって。

女王　そうですか。では、私の出番ですね。

ボヤッキー・友部　えっ？

女王　今、北川さんの意識は宙をさまよっています。ですから、私がチャネラーとして、彼の意識を呼んでみましょう。

ボヤッキー　**（慌てて）**ドロンジョ様。危険です。彼の意識が今どういう状態か分らないんですよ。

女王　ボヤッキー、もしも、私の意識が戻らなければ、その時は頼みますよ。

ボヤッキー　ドロンジョ様！

友部　どういうことです？　彼と話せるんですか？

ボヤッキー　彼が話せる状態なら、です。もし、彼の意識が狂乱状態なら、ドロンジョ様は、チャネリングした瞬間、狂ったように踊り始めて、壊れてしまいます。

友部　そんな……。

女王　けれど、こうしなければ、彼と話せないのです。危険は覚悟の上です。

ボヤッキー　ドロンジョ様！

女王　彼の意識とのチャネリング、始めます。

女王、息を整え、目をつむり、集中し始める。

と、北川が舞台袖からひょっこり現われる。(つまり、ベッドで寝ている男は、物語的には本物の北川ですが、技術上はダミーとなります)

北川 友《とも》ちゃん! こんな所にいたのか! 探したぞ! 友ちゃん!

全員、瞑想している女王を見ていて、反応がない。

北川 どうしたんだよ! おい!

北川、友部の前に立つが反応がない。北川、ベッドに寝ている男を見て驚く。

北川 えー!? これは……俺か? 俺だ。この顔は俺だぞ!

女王、なにやら動き始める。

北川 友ちゃん! 本当に俺が見えないのか! そんな……待てよ! このシチュエイションは、どっかで見たことがあるぞ。(ベッドを指さして) ここに、俺がいる。そして (自分を指さして) ここにも、俺がいる。この状態をごく自然に理解しようとすると、俺は……死んだってことか!? 今の俺は魂なのか!? えー! そんな、死んじゃったの!?

と、女王が話し始める。

女王 (声が変わって) どうも、こんにちは。北川でーす!

友部 北川! 本当にお前は北川なのか!?

女王 そうだよ。おいらの名は北川。

北川 えっ? 俺か?

友部 北川、お前、どうしたんだ?

女王 いやもう、まいっちゃってさ、倒れる時に頭打って、あれもんでこれもんだからそれもんでさ、

友部 お前はなにもんだ!?

ボヤッキー あの、質問があるんですけど、いいですか?

女王 オーイエース! ウェルカム、クエスチョン!

友部 お前、本当に北川か?

女王 何言ってんだよ。北川だよ。俺は北川。北極は地球の北側。

友部 絶望的なセンスだぞ。

ボヤッキー　ノートのことなんですけど。
北川　ノート……。
女王　ノート？
ボヤッキー　どうして燃やしてしまったんですか？
女王　昔からたき火が好きでした。
北川　俺、そんなこと言わないぞ！
ボヤッキー　そうですか。それでですね、コピーとか、ありますか？
女王　コピー？
ボヤッキー　そう。ノートのコピー。
女王　えーとだな、**（友部に）**お前、どう思う？
友部　知らないよ。だいいち、ノートってなんだよ？
女王　えっ、……少し考えさてくれ。
北川　**（女王に）**なに、やってるんだよ。

と、総統が走り込んで来る。

総統　**（北川に気付く）**お前は！　どうして、ここに!?
北川　え!?　お前のせいでな、俺は今、死にかけてるんだぞ！
総統　死にかけてる!?
北川　そうだよ。みんなから姿は見えないし、本当の俺はベッドに横たわっているし、こういうのって魂の状態ってやつだろ。
総統　違う。そうじゃなくて、
北川　お前の仲間が俺を殴ったから俺は……あれ？

総統の姿も人々は気付いてない。

総統　そう。私の姿も、彼らには見えない。
北川　……お前も死んだのか。可哀相に。
総統　違う！　死んだんじゃない。今、我々がいるのは、パラレルワールド、平行世界におけるマージナル・スペースだ。
北川　なに？
総統　分かりやすく言うと、二車線以上ある道路の車線境界線だ。
北川　分かりやすすぎて、かえって、分からんぞ。
総統　だから、道路に白い線とか黄色い線とかあるだろう、（我々はその上に）

部下が、走り込んでくる。

部下　総統！　弥勒爆弾の仕掛け、完成しました。北川の様子は？　（北川を見つけて）北川だ！

北川　お前は！

部下　総統！　どうしてここに⁉

総統　ああ。私も驚いた。（北川に）どうしてだ？　どうして、お前は別な人生を選びたいんだ？

北川　別な人生？

女王が声を上げ、ボヤッキーが思わず質問する。

女王　おおおおおおっ！

ボヤッキー　北川さん！　コピーは？　燃やしたノートのコピーはあるのですか？

部下　（驚いて）コピー⁉　（北川に）コピーがあるのか⁉

女王　コピーは、友人の友部が知ってるさ。

友部　えっ？　なんのことだよ。

北川　（慌てて）彼は関係ない！

友部　知らないよ。

女王　彼は嘘をついている。（友部に）嘘つくなよ。親友じゃないか。

ボヤッキー　彼が、彼が持っているんですね。

北川　彼は関係ない。ノートはもうないんだ！

部下　嘘だ！　嘘だと言え！

女王　ノートは友部が持ってるよ。（はっと）えっ、私、どうしたのかしら。どうですか？　チャネリングは成功しましたか？

ボヤッキー　はい。友人の友部さんが持っているそうです。

女王とボヤッキー、友部を見つめる。そして、以下のセリフの間に、じりじりと友部に迫る。

友部、マイムで、「なんのこと？」「知らないよ」と主張。

総統　どうして燃やしたんだ？

北川　さあ。

部下　貴様ー！

部下、北川に掴みかかろうとする。

総統　部下。よすんだ。

部下　総統、こいつは自分のやった意味を分かってないんです。

北川　ここはどこなんだ⁉　別の人生ってどういうことなんだ？

総統　……お前は人生という車線の境界線にいる。今、

見ているのが現在の人生だ。この境界線から一番近い別の人生は、

部下　総統！

総統、体をクイッと同時に反対側に向ける。（180度、後ろを向く感じ）

部下も、慌てて同じ動き。

その瞬間、ある音とともに、病室にいた女王、ボヤッキー、友部、いなくなる。

シーン9

北川　これは？
総統　もうひとつの平行世界だ。同じ病室だが、彼らはいない。
北川　……お前達はなにものなんだ？
総統　弥勒《みろく》を生きる者だ。
北川　弥勒？
総統　（部下に）今年は何年だ？
部下　総統！　いいんですか？　こんな、中途半端な奴に話していいんですか？
総統　すべてはノートのためだ。
部下　……今年は弥勒五一二年です。
北川　なんだって？
総統　君たちは「平成」という時間を使っている。そして、我々は「弥勒」という時間を使っている。
部下　五一二年間だ。
北川　言ってる意味が分からない。だいいちそれは、許されることなのか？
部下　許される!?
総統　（部下を制して）いいかね。君に分かりやすく言おう。この国には沢山《たくさん》の年号があるんだよ。
北川　分かってるさ。昭和、大正、昔だと、
総統　違う。それは、あの家系と権力者が決めた年号だ。そうではない年号、君達の言葉で言うと「私年号《しねんごう》」があるんだ。
北川　「私年号」？
部下　「弥勒」は、西暦一五〇三年に始まった。この国は、公年号《こうねんごう》と関係なく、天災や飢饉の時、世直し世替わりを願って、我々のレベルで年号をつけてきた。
総統　分かるかね。我々のレベルだ。国家のレベルではない。
部下　つまり、公年号は国家・朝廷の永続を願い、私年号は個人の幸福を願ったのだ。有名な私年号には、江戸初期に越後会津で、隠れキリシタンが使った「大道《だいどう》」、明治十七年秩父事件の時に使われた「自由自治」。「弥勒」は、鹿島神社の神官が人々の苦しみを救うために始めた。そして、この年号は巡礼者によって、関東一円に広がり「弥勒」を使う人が現われたのだ。
北川　だからなんなんだ？
総統　君は「弥勒」という年号を聞いたことがあるか？

北川　えっ？
総統　この国の権力者とあの家系は、ひとつの空間に二つの時間が流れることを許さなかった。いいかね。統治とはなんだ？　支配とはなんだ？　それは人々の精神を管理することか？　空間を支配することか？　違う。精神や空間を永遠に統治した者はいない。永遠の勝利を手に入れる者は、時間を管理した者だ。時間を管理した者だけが、最終的な統治者なのだ。
北川　ちょっと待て。俺は西暦でしか言わないぞ。「平成」なんか使わない。
総統　では、転出届けも婚姻届けも西暦で書いて役所に提出してみればいい。君の書類は絶対に受け入れられることはない。
北川　……。
総統　時間を管理する。それは、時間を名付けた者だ。流れ行く目に見えぬ時間に名を与えた者が、最終的な勝利者なのだ。あの時、「弥勒元年」は確実に存在した。そして、今も存在している。だが、存在しながら「弥勒」には歴史がないのだ。「弥勒」を生きる我々には、祖国がないのだよ。
北川　だから？
総統　我々は祖国なき独立戦争を始めたのだ。

間。

北川　えっ……
総統　そして、幻の祖国には幻の歴史書が必要なのだ。この国がでっち上げた『日本書紀』や『古事記』のような。
部下　だから、
北川　だから？
総統　私達は、君のノートを求めるのさ。
北川　頭がおかしいのか……
総統　自分が理解できる範囲が世界の全体だと思わないことだ。（ベッドの北川を指さし）別の人生の君は、ノートの意味に気付かないまま、自殺した。
北川　えっ？
総統　探してもどこにもノートはなかった。
北川　自殺した……ベッドの上は遺体なのか⁉
部下　（ハッと）総統！　タイムリミットです！　戻りましょう！
総統　（北川に）マージナル・スペース、境界線に長くいると、車線に戻れなくなってしまう。一回の滞在は、心臓が500回打つまでが限度だ。
部下　総統、危険です！

総統　急ごう！

総統、走り去る。
部下も追う。

北川　待って！　ちょっと、待って下さい！

北川も去る。

シーン10

病室に友部、女王、ボヤッキーが現われる。

ボヤッキー　そうですか。友部さんがノートのコピーを持っているんですか。

女王　そうだったのね。早く言ってよ。

にこにこしながら、友部に迫っている女王とボヤッキー。

友部　知りませんよ。だいいち、ノートっていったい、なんのことかも分らないんだから。

女王　ほほほほ。坊や、お姉さんがめくるめく快感というやつを教えてあげるわ。

ボヤッキー　いいなー。いいなー。

女王　戻れなくなっても知らないから。ふっふっふっ！

友部に迫る女王。

ボヤッキーが友部をさっとはがい締めにする。

友部　えっ⁉

ボヤッキー　ドロンジョ様、今回はどんな武器ですか？

女王　今回は野菜ロボットよ！　さあ、行くわよ！　ナスナスナスナス、キュウリキュウリキュウリキュウリ！

と、どこからともなく、ナスとキュウリの大群が友部をめがけて行進して来る。

そのまま、女王、ナスとキュウリを摑んで、友部の体の上を這わせる。

女王　ナスナスナスナス、キュウリキュウリキュウリ！

友部　ああー‼　……ガクッ！

友部、未曾有の経験に気を失う。

ボヤッキー　ドロンジョ様。気を失いました。

女王　少し刺激が強すぎたようね。

ボヤッキー　ナスとキュウリですからね。これから、どうしますか？

女王　決まってるじゃないの。彼の意識にチャネリングして、コピーの場所を聞き出すのよ。さあ、行くわよ！

と、ワンダの声。

ワンダ　北川さん。回診ですよ。

女王・ボヤッキー　えっ!?

看護師姿のワンダ、登場。

ワンダ　なにをしてるんですか、あなた達は！

女王　（突然、ベッドの北川に取りすがり）あなたー！　あなたー！

ボヤッキー　姐《あね》さん、帰りましょう！　姐さん！

女王　しょせん、あたしは日陰の女なの!?

ボヤッキー　姐さん！　堪《た》えてつかあさい！　姐さん！

と、二人、どさくさに紛れて、去る。

シーン11

ワンダ　ボス、大丈夫です。

花束を抱えた柄谷、登場。

柄谷　ごくろう。意識を戻しなさい。

ワンダ　はい。

ワンダ、倒れている友部をこちょぐる。

ワンダ　こちょこちょこちょ。

友部、驚いて目を覚ます。

友部　なんですか⁉　あなた達は！

柄谷　あなたは、北川さんの親友の友部さんですね。

友部　えっ？　ええ。

柄谷　北川さんから、あなたのことはよく聞かされていました。やがて、有名な作家になるだろうって。

友部　えっ、いやあ、北川のいい所は正直さですから。……あなたは？

柄谷　失礼。私、こういうものです。

柄谷、名刺を出す。

友部　月刊『文学』編集長⁉

柄谷　柄谷哲。綿谷《わたや》のリサちゃんも本谷《もとや》のゆきちゃんも乙一《おついち》もみんな私が育てました。

友部　あなたが……。何かお飲みになりますか？

柄谷　いえ、おかまいなく。北川さんの容体はいかがですか？

友部　それが、意識が戻らなくて。

柄谷　そうですか。

友部　あの、どうして北川をご存じなんですか？

柄谷　北川さんのセッションに参加したんですよ。立派なモチベーターでした。

友部　そうですか……。

柄谷　友部さんと北川さんのご関係は？

友部　もともとは同じ小学校に通ってたんです。北川が二つ下なんですけどね。

柄谷　それ以来、ずっと親友なんですか？
友部　いえ。小六の時に僕は転校してしまって。再会したのは、三年前です。
柄谷　三年前……。そこから、ずっと？
友部　ええ。
柄谷　北川さんのことは詳しいんですね。
友部　まあ……まさか、あなたもノートを探してらっしゃるんじゃないでしょうね。コピーとか知りませんよ。
柄谷　ノート？　私はいつも最高の小説しか探していませんよ。
友部　えっ。
柄谷　どうです。いい小説は書けましたか？
友部　それが、どうも僕は物語というものが信用できなくて。どんな物語も、自分探しの言い訳なんじゃないかって思えて。
柄谷　言い訳……。
友部　キャラクターを膨らませて、起承転結を考えれば考えるほど、リアルから離れていくような気がしてしょうがないんです。
柄谷　そんな作家には、いつも、こうアドバイスするんですよ。昔ね、作り物の物語を嫌った作家が、友人に一通の手紙を出した。作家は、その手紙を受け取った友人の反応をそのまま、小説にしようとした、と。
友部　えっ。
柄谷　あなたでしょう？　あの手紙を出したのは。

間。

友部　なんのことですか？
柄谷　とぼけなくてもいいですよ。「お前を誘拐した」美しい。じつに美しい。小説の冒頭を飾るに相応しい文章です。
友部　言いがかりはやめて下さい！
柄谷　私はあなたを責めているのではありません。傑作を書くためには、やってはいけないことなんてありませんよ。
友部　デタラメです！　出て行って下さい！　さあ！
柄谷　友部さん。
友部　出て行け！

友部、柄谷を押し出す。
ワンダ、慌てて一緒に外に出る。
病室の外に出た、柄谷とワンダ。

ワンダ　……図星だったようですね。
柄谷　ああ。作家志望者が書きそうな文章だ。
ワンダ　これからどうしますか？
柄谷　……。
ワンダ　北川のセッションの参加者をもう一度、集めて再現してみますか？
柄谷　一人死んでるんだ。正確な再現じゃない。それに、北川がもし、このまま、意識を取り戻さなければ……
ワンダ　じゃあ、
柄谷　もし、ノートのコピーがあったら……手を組まないといけないかもな。
ワンダ　あの、ドンジョロとかいう女ですか。
柄谷　ドロンジョだ。使い方によっては役に立つ。
ワンダ　ボス、ドンジョロとなにかあったんですか？
柄谷　ドロンジョだ。なにかって？
ワンダ　昔。なにか、ドンジョロと。
柄谷　ドロンジョだ。分かって言ってるだろう。
ワンダ　なにかあったんですか？　ドンジョロと。
柄谷　……行くぞ。

柄谷、去る。
ワンダ、その背中を見たあと、あとを追う。

シーン12

総統が客席の間を部下と一緒にビラを配りながら歩いている。
手には風船。

総統　みなさん！「弥勒」を使いましょう！一日一「弥勒」！
部下　一日一「弥勒」！
総統　今年は、弥勒五一二年です！
部下　弥勒五一二年！
総統　「弥勒」の年号には、ユートピア「弥勒」の世が来てほしいという人々の祈りが込められているのです。みなさん！「弥勒」を使いましょう！　弥勒は西暦一五〇三年に始まりました。ですから今年は、
部下　弥勒五一二年！
総統　さあ、みなさんも一日一「弥勒」運動に参加しましょう！
部下　一日一「弥勒」！
総統・部下　なあに簡単だよ！
部下　ひとーつ！
総統　駅や公園、デパート、いろんなトイレに入るたびに「弥勒五一二年」と落書きをする！
部下　ふたーつ！
総統　なにをするにも「弥勒」と言う！
部下　例えば、ゴルフ！
総統　（スイングして）チャー、シュー、弥勒！
部下　例えば、ラーメン屋
総統　おやじ、ラーメンひとつ弥勒。半ライスつけて弥勒。ニンニク、入れ弥勒。
部下　みーっつ！
総統　時間爆弾を作る！
部下　時間爆弾とは、今流れている時間を木《こ》っ端《ぱ》みじんに打ち砕く、究極の秘密兵器だ！

その瞬間、客席の椅子の下から「どっかーん！　弥勒五一二年！　弥勒五一二年！　これはギャグじゃない弥勒！」という総統と部下の声がする。

総統　録音機材とやる気さえあれば、簡単に作れるよ！
部下　作れるよ！
総統　できるかなあ？　できたら、この弥勒風船をあげるよ。

と、音楽。

並木刑事が、颯爽と登場。

軽くステップを踏んだあと、

並木　そこまでだ！　ただちにやめなさい！

総統　しまった！　官憲の手が回ったか！

部下　総統！　ここは私に任せて、お逃げ下さい！

総統　権力の挑発に乗るんじゃない！　傷害罪から殺人未遂まで、権力はなんでもでっち上げるぞ！

部下　いいんです！　弥勒の世のためなら！　さあ！

並木　逃げるんじゃない！　馬場《ばば》一郎《いちろう》！　百草園東署までちょっと来なさい！

総統　そんな名前の奴はここにはいない！　私はデスラー総統だ！

並木　デスラー馬場！　署まで来なさい！

総統　人を日系ボリビア人みたいに言うな！

並木　とにかく来なさい！

総統　なんだ、破壊活動防止法違反か、凶器準備集合罪か!?

並木　東京都の迷惑防止条例よ。

総統　なに？

並木　だから、東京都の迷惑防止条例違反の可能性があるの。任意で事情聴取するから、百草園東署まで来てちょうだい。

総統　なんだ、その迷惑防止条例というのは？

並木　だから、許可なく、道路でビラ撒《ま》きしちゃいけないの。知らなかった？

部下　汚いぞ、警察！　でっち上げだ！

並木　今、ビラ配ってたでしょう。バカじゃないの！

総統　どうするつもりだ？

並木　一応、事情聞くから。

部下　逮捕するつもりだな！

並木　するわけないでしょう。まあ、あって口頭注意かな。

総統　口頭注意。

並木　そ。こんなことしちゃダメよって口で言っておしまい。じゃ、ついて来てくれるかな？（と軽いノリ）

総統　……それはないだろう。

並木　えっ？

総統　それはないんじゃないの。

並木　何？

総統　何じゃないでしょう。我々は時間を取り戻す戦いをしてるのよ。平成の支配と管理を打ち破ろうとする革命の戦士に対して、口頭注意はないだろう。

並木　じゃあ、どうしたいの？　相談にのってもいいわよ。あたし、あなたみたいな変な人、嫌いじゃないから。
総統　変な人？
並木　そう。いかにも現実からハジキ飛ばされたって顔してるじゃない。なに？　私にできること、あったら言って？
総統　いや、そういうことじゃないんだよ。
並木　なに、うじうじしてるのよ！　ほら、シャキッとして！
総統　いや、別にうじうじしてるわけじゃないんだけど。

部下、並木刑事をいきなり後ろからはがい締めにする。

部下　総統！
並木　なにをするの！
総統　部下！
部下　俺達はな、テロリストなんだよ！
並木　テロリスト⁉
部下　東京の中心、お堀《ほり》に囲まれたあの場所に、爆弾を仕掛けたんだ。
並木　なんですって⁉
部下　総統！　お逃げ下さい！　私は弥勒のために、こいつを処分します！
並木　処分て、私は生ゴミじゃないのよ！
総統　部下、よすんだ！
部下　総統、不合理な死だけが、不合理な死を死ぬことだけが、私の存在を合理化するのです。
総統　なにい⁉
部下　分かっています。名前のない、ただ「部下」という役だけの私でも、こんなテーマのようなセリフを言えるようになったんです。
総統　部下、お前、意味が分かって言ってるのか？
部下　失礼なことを言わないで下さい！　関西に生まれて、お芝居と言えば吉本新喜劇しか見たことのない私が、こんな深い文章の意味が分かるわけないでしょう！
総統　部下！
並木　こらあ、ベタなコントは、私を離してからにしなさい！
部下　生きてる君は、解放されない。
総統　よすんだ！
並木　やめなさい！

と、どこから音楽。

部下　誰だ！

茜雲刑事が、音楽が出ているCDプレイヤーを自分で持って登場。
茜雲は、自分のセリフの間で、プレイヤーを床に置く。

茜雲　夕日を浴びて、黄金《おうごん》に輝く夏みかんは、宝石のように思えました。夕暮れのみかん畑の中に立ち見上げれば、そこは宝石の海でした。
　私をこの海へと導いた親戚のお兄さんは、たわわに実る宝石のひとつをもぎ取りました。そして、野球のバットをかかげ、私に宝石を投げるように言ったのです。お兄さんのバットは素早く弧を描き、私の放り投げた宝石を真っ芯で捉えました。宝石は、一瞬のうちに砕け散りました。夏みかんの果肉が小さな粒となって空間を漂い、豊かな匂いの果汁が私の心の隙間を埋めました。
　その時、虹がかかったのです。夕日を浴びて黄金に輝くみかん畑に、飛び散った宝石の果汁に映えて、それは美しい虹でした。お兄さんは、またひとつ宝石をもぎ取りました。そして、またひとつ、みかん畑に虹がかかったのです。お兄さんは、私にバットをもたせました。そして、いくつもいくつも虹がかかりました。現われては消える虹を見つめるうちに、食物を嫌悪する私の病もどこかへと消えていきました。私は、私も死んだら虹になれるでしょうかと、考えていたのです。そうして、むせかえる桜の園の中で、少女が大人になるように、私は黄金《こがね》なすみかん畑で、虹を見つめながら、大人になることを決意したのです。
　茜雲翼《あかねぐもつばさ》、十二の夏のことでした。
　並木刑事、助けに参りました。

部下　なんなんだ、お前は！

総統　話が長いんだよ！

並木　早くしなさい！

茜雲、銃を構える。

茜雲　私は、話は早い方よ。

部下・総統　！

茜雲　さあ、並木刑事を放しなさい。

部下、いきなり、並木を茜雲のほうに突き飛ばす。

部下　うるさい！

並木　待ちなさい！

茜雲　待て！

走り去る、並木、茜雲。

そして、茜雲の銃に向かって突進する。

部下　弥勒、万歳！

総統　部下！

茜雲、思わず、銃を部下に突きつけ、

茜雲　撃つわよ！

部下　さあ、撃て！　（と、襲いかかる）

茜雲　ばん！　（と口で言う）

全員の動きが止まる。

総統　えっ……。

部下　（唖然としている）

茜雲　ばんっ！　ばんっ！

総統　（ハッとして）逃げるぞ！

部下　総統！

総統、部下、走り去る。

並木、茜雲、慌てて追いかける。

シーン13

『宇宙意志・イザベルの時間』のオープニング映像が流れる。
明るくなると、女王と柄谷が立っている。
柄谷は満面の笑み。
女王は冷静な顔。

柄谷　どうだ、この映像！　素晴らしいだろう！
女王　……。
柄谷　君は宇宙で一番有能なチャネラーなんだ。だから、宇宙で一番、有名にならなきゃいけないんだ。
女王　……。
柄谷　僕に任せてくれ。二人で「宇宙意志」の思いを世界に伝えよう。

と、ボヤッキーが登場。

ボヤッキー　ドロンジョ様、始まりますよ！

女王、ハッとする。
柄谷、一歩後ろに下がって、急に無表情になり、後ろを向く。

女王　みなさん、こんばんは。今日の『宇宙意志・イザベルの時間』は、みなさんからの質問を受け付ける日です。さあ、なんでもここに電話して来てください。

と、画面の下、胸の辺りを示す。
ボヤッキー、携帯を出してかける。
女王、自分の携帯を取り出して、

女王　はい、お電話ありがとうございます。イザベルです。
ボヤッキー　（声を変えて）あー、イザベルさん、毎週、楽しみに見ています。
女王　ありがとうございます。質問はなんですか？
ボヤッキー　幸せになるにはどうしたらいいんですか？
女王　さっそく、宇宙意志に聞いてみましょう。（声を変えて）幸せは追求するものではありません。幸せは気付くものです。「いま、ここで」気付くものなのです。
ボヤッキー　ありがとうございます！
女王　（ハッと戻って）それでは、次の方。

ボヤッキー、またすぐに電話をかける。

女王　そうですねえ……

ボヤッキー　（また、声を変えて）ドロンジョ様、こんばんは。宇宙で一番大切なことを教えて下さい。

と、後ろを向いていた柄谷、急に前を向き、

柄谷　どうしたんだ？　何が起こってるんだ！　なぜ、宇宙意志がおりてこないんだ！

女王　どんどん、「宇宙意志」が遠くなっているの。

柄谷　どうして!?

女王　もっと大きなものが現われたから。

柄谷　もっと大きなもの？　宇宙意志より大きなものがあるのか!?

女王　……。

柄谷　それはなんなんだ!?　ビジネスになるのか？

女王　……。

柄谷　なんなんだ!?

女王　それは、あなたと出会って生まれたもの。

柄谷　……何の話だ!?　何を言ってるんだ!?

女王　私は……。

ボヤッキー　（いつもの声で押さえて）ドロンジョ様！　いきなり、回想シーンに突入するの、やめてくれませんか！　今、ユーストリームの本番中なんですよ！　（柄谷に）ちょっと！　今、出番じゃないでしょ！

柄谷　いや、俺は自分の意志で出てるんじゃないから。

ボヤッキー　ドロンジョ様！

女王、ハッとする。

柄谷、去る。

ボヤッキー　（変えた声に戻して）ドロンジョ様、こんばんは。宇宙で一番大切なことを教えて下さい

女王　……その質問は、あんまり面白くないわ。

ボヤッキー　えっ？

女王　まるで打ち合わせしたみたいに、ドキドキしないわ。宇宙意志はもっと、新しい質問を待ってるの。

と、女王、電話を切る。

ボヤッキー　ドロンジョ様！

女王　さあ、電話をじゃんじゃん、下さい。電話番号は、ここよ。（と、画面の下に当たる、自分の胸の部分を指す）

と、電話の音。

女王　はい、イザベルです。

電話の声　「宇宙意志」はなんでも知ってるの？

女王　それはもう、宇宙で一番の知性ですから。

電話の声　じゃあさ、宇宙物理学のヒモ理論を使うとタイムトラベラーが可能になるっていうんだけど、どうして？　説明してくれない？

女王　は？

電話の声　だから、宇宙ヒモ理論。コズミックリングセオリーだよ。宇宙意志の得意分野でしょう。聞いてよ。

女王　はい。（声を変えて）なんでしょう？

電話の声　だから宇宙ヒモ理論だよ。

女王　（声を変えたまま）あー、あれねー、そうねー、なんていうのかねー

電話の声　え⁉　宇宙意志なのに分らないの⁉　宇宙意志って、ひょっとしてインチキ？

女王　（声を変えたまま）そんなことないわよ。ヒモでしょう。あれはさー

と、ボヤッキーがコートにキャップをかぶって（もしくは他の変装をして）登場。

ボヤッキー　（声を変えて）ドロンジョ様！　恋人のマリエが行方不明です！　マリエの意識にチャネリングして、居場所を教えて下さい！

女王　えっ？

ボヤッキー　おお、その声は、マリエじゃないか！　ありがとうございます！　もう、マリエの意識にチャネリングして下さってるんですね！　マリエ！　お前は今、どこにいるんだ⁉

女王　（声を変えて）今……長崎だよ。

ボヤッキー　長崎⁉　どうして、長崎にいるんだよ⁉

女王　チャンポンが食べたくなったんだよ。

ボヤッキー　チャンポン⁉

女王　あたいがチャンポン好きだって知ってただろう。

ボヤッキー　知ってるさ。でも、黙っていかなくていいじゃないか！

女王　もう、あんたには愛想がつきたんだよ！　あんたより、チャンポンなんだよ！

ボヤッキー　マリエ！　帰ってきておくれ！

女王　もう戻んないよ！　チャンポン食べたら、熊本で馬刺し食うんだ！

ボヤッキー　マリエー！

女王　馬刺し食ったら、宮崎でマンゴー食うんだ！

ボヤッキー　マリエー！　（カメラ目線になって）また、来週！

音楽が流れる。

そして、女王、ボヤッキー、脱力。

ボヤッキー　ドロンジョ様！　どういうつもりです！

女王　おや、私の番組ですよ。私の好きなようにやって、何が悪いの？

ボヤッキー　もうちょっとで、大変なことになる所でしたよ。

女王　なんないもん。ギリギリで、宇宙意志はおりて来るもん。

ボヤッキー　そう言って、一カ月前、どうなりました？　三カ月前は？　半年前は？

女王　それは、だから、体調の問題よ。そういうことはあるのよ。

ボヤッキー　少なくとも、本番中に、回想シーン始めるのはやめて下さい。

女王　なんのことよ。

ボヤッキー　あの男となにかあったんでしょう？　何年前のことですか？

女王　ボヤッキー、お前はいつから女王のプライベートにづけづけ踏み込んでくるようになったの？　無礼ですよ。

ボヤッキー　……とにかく、来週は打ち合わせ通りにして下さい。

女王　嫌です。来週は全部ガチンコでやります。

ボヤッキー　ダメですよ！「宇宙意志協会」が終わってしまうじゃないですか！

女王　嫌なものは嫌なの！

ボヤッキー　そんなワガママ言ってるから、トンズラーはトンズラこいたんですよ。ドロンジョ様をお守りできるのは私だけなんですから。

女王　別に頼んだわけじゃないでしょう。ボヤッキーが勝手に押しかけてきたんでじゃないの。

ボヤッキー　（女王の言葉を無視して）さ、着きましたよ。

女王　どこに？

ボヤッキー　北川の友人、友部の部屋ですよ。

そこは友部の部屋となる。

シーン14

女王 （辺りを見回し）なに、これ、ノートが一杯じゃないの⁉

ボヤッキー 本当ですね。いったい、なんの仕事なのか……

女王 しっ！ （静かに）

友部、物思いに耽りながら入って来る。
と、部下が友部の前まで走って来る。が、友部はなぜか気がつかない。

部下 （アクションをつけて）マージナル・アウト！

友部、突然の部下の出現に驚く。

友部 なんだ、お前は⁉ どこから入ってきた！

部下 何もいうな！ 黙ってノートを渡せ。そしたら、お前はいい奴だ。

友部 ノート⁉ お前もノートか。勝手に捜せばいいだろう！

部下 探したさ。くだらない妄想を書きなぐったノートは山ほどあった。お前は何を考えてるんだ？

友部 うるさい。やがてそれが傑作になるんだ。

部下 お前、本気か？ 可哀相《かわいそう》な奴だなあ。弥勒の国民にならないか？

友部 弥勒？ なんだそれは？

部下 じつはかくかくしかじか。

友部 お前、本気か？ 可哀相な奴だなあ。それは戦いじゃなくて、宣伝が重要なんじゃないのか？

部下 宣伝？ そんなもので世の中は変わるのか？

友部 宣伝と知りながら動かされるのを、民主主義というのだよ。

部下 理屈だけは一人前だな。さあ、ノートのコピーだ！

友部 本当に知らないんだ！

部下 ようく思い出すんだ。無意識に預かったとか、忘れていることはないか？

友部 いったい、何が書いてあるというんだ⁉ そんなに重要なノートなのか？

部下 君には一生かかっても書けない内容だよ。

友部 何⁉ 嘘つけ！ そんなに重要なノートを北川が書いたというのか！

部下　君には書けないだろう。死ぬまでね。さあ！　思い出すんだ！

部下、友部に詰め寄る。

女王、飛び出そうとするが、ボヤッキーに止められる。

と、人の気配を感じて二人、去る。

総統がノートを持って登場。

総統　（ノートを読みながら）「真実はひとつ、おっぱいはふたつ」……いい文章です。じつにいい文章です。（友部に）あなたですね。この文章を書いたのは？

友部　えっ……ええ。

総統　（ノートを読みながら）「女と亀は、仰向けにしたら勝つ」……失礼。私、思わず涙ぐんでしまいました。なんという的確な比喩。見事な描写力。一瞬にして、仰向けの亀と仰向けの女性を結びつける想像力の跳躍。見事です。弥勒だ平成だと、生きる時間は違っても、男達の目指すものは変わらないんだと、心から喜びに震えます。

部下　総統！　そんな言葉に感動するのは、総統だけです！

総統　お黙り！　ここじゃないかと思ったんだ！　戦地での単独行動は危険なんだぞ！

部下　総統がいつまでも、根本的な行動を起こさないからじゃないですか！

総統　もうすぐだ！　その時はもうすぐ来る！　弥勒爆弾は仕掛けたじゃないか！　だから待つんだ！

部下　もう、待てません！　我々から責めないと、意味はないんです！

友部　お前たちは人の部屋で何もめてるんだ⁉　とっとと、出て行け！

総統　……もうひとつの世界では、北川さんは自殺します。

友部　なに？

総統　遺書には、だれが「誘拐した」という手紙を出したか、分かったと書いてありましたよ。私は、親友に裏切られたと。

友部　……もうひとつの世界？　なんのことだ？

総統　燃やされたノートの言葉は、あなたと関係がある、とも書かれていました。

友部　なんの話をしているんだ⁉

と、ドアがガンガンと叩かれる音。

ビクッとする二人。

並木刑事と茜雲刑事が飛び込んで来る。

並木　ドアが空いてたので、失礼します。この辺りで不審な人物を見かけたという通報がありまして、

茜雲　正体不明の二人組の男を見ませんでしたか？

（総統と部下を見て）そう、ああいう服装を……見つけたわよ！

総統・部下　（アクションをつけて）マージナル・イン！

二人は、マージナル・スペース、つまり平行世界の境界線に入る。つまり、消えたのだ。

並木　えっ!?　馬場さん！　どこです!?

茜雲　消えました！

並木　そんなバカな！　奥の部屋、失礼します。

刑事1・2、奥の部屋へと走る。

総統と部下は、そのまま舞台にいる。並木と茜雲が去った奥で声。

並木（声）　誰です!?　あなた達は!?

と、ノートを一冊持った女王と頬かむりしたボヤッキーが走り出てくる。

あとを追って、並木刑事と茜雲刑事。

茜雲　誰です！

並木　友部さん、知り合いですか？

友部　えっ、

女王　失礼ですよ。私は、友部の家内です。

ボヤッキー　友部の息子です。

女王　あなたああん。

ボヤッキー　ちゃん。

並木　あなた、作家志望のくせに！　作家ってのは血吐くって言ったでしょう！　子種《こだね》吐いてどうするんです！

友部　違いますよ。

女王　そうよ、違うわよ。友部は、もう、作家志望じゃないんだから。

並木　友部さん、あなたって人は！　いいですか！　才能というのは、夢を見続ける力のことですよ！

友部　違いますよ！　この人達は、赤の他人ですよ！

女王　ひどい、ひどいわ！　しょせん、日陰の女なのね。

ボヤッキー　姐さん、こらえてください。姐さん。

並木　友部さん、あなたって人は、

友部　ただの泥棒ですよ！

並木・茜雲　えっ？

ボヤッキー　正直に言いましょう。じつは私達はあなたの作品に感動して、読ませていただいていたところなんです。
友部　嘘をつくんじゃない！
女王　嘘なんかじゃないわ。**（手に持っているノートを示して）**この『毎日の記録』という作品には、「宇宙意志」の言葉が入っていますよ。
ボヤッキー・友部　えっ⁉
ボヤッキー　ドロンジョ様、それは、
友部　それは、私の日記だ！
女王　そうですか。不思議ですね。日記に宇宙意志の言葉が混じるなんて。
友部　じゃあ、もう、北川のノートを捜す必要はないんだな。
女王　そんなことはありません。北川さんのノートは宇宙意志の言葉、そのものです。でも、友部さんのこのノートも、深い部分で宇宙意志とつながっているのです。
友部　人の部屋に勝手に入って来て、寝言を言ってるんじゃない！　それはただの日記だ！
女王　いいえ。あなたが諦めようとしているものと、私達が探しているものはきっと同じですよ。
友部　……。

この会話の間に、並木刑事と茜雲刑事、訳ありの三人を気づかって、帰ろうとする。
と、総統がこそこそと並木刑事の後ろに回って、
総統　マージナル・アウト！
そのまま、総統、並木刑事の頭をポカッ。
総統　マージナル・イン！
並木刑事、痛てっ振り向く。
その視線の先に、友部がいる。
並木　……友部さん、何をするんですか？
友部　えっ？
並木　あなたって人は何を考えているんです！
総統、ささっと茜雲刑事の後ろに回って、
総統　マージナル・アウト！

そのまま、茜雲刑事の頭をポカッ！

総統　マージナル・イン！

茜雲刑事、痛っと振り向く。
その視線の先に、女王がいる。

茜雲　（女王に）何をするの⁉
女王　えっ⁉
並木　茜雲刑事、どうしたんです？
茜雲　この妙な女が私の頭を！
並木　なんですって？

マージナル・スペースでほくそえむ総統と部下。

部下　総統！　これが、あの伝説の、
総統　ああ。デスラー戦法じゃ！
部下　なんて、卑怯な戦法なんでしょう！
総統　知らない人はチェックしてね。ワープして撃つ。撃ったらワープ。以下、繰り返し。
部下　気持ちいいですね。マージナル・スペースって。
総統　気持ちよすぎて、恐ろしいのよ。

並木　さあ、三人まとめて、来てもらいましょうか。
女王　ちょっと！　誤解よ！
茜雲　つべこべ言わない！
友部　並木刑事、でしたよね。
並木　はい。なにか？
友部　私、あなたに連絡しようと思って、百草園東署に電話したんですよ。そしたら、百草園東署に並木なんていう刑事も警官もいないって言われました。
総統・部下　え⁉
並木　……。
友部　ただし、総務課の遺失物係担当に並木っていう事務職員はいるって教えてもらいました。特徴を聞いたら、並木刑事とそっくりでした。
茜雲　デタラメ言わないで！
友部　茜雲翼なんていう、宝塚もどきの女性は警官どころか事務職員にもいないって言われました。特徴をいったら、それは、出入りの弁当屋の山田《やまだ》珠子《たまこ》さんだと教えてくれました。
茜雲　嘘よ！
総統　だから銃がニセモノだったのか！
ボヤッキー　刑事でも警官でもないのか⁉
女王　弁当屋のタマちゃんなの⁉

並木　私は刑事よ！

友部　違う！　あなたは刑事じゃない！　ただの遺失物だ！

並木　！

ボヤッキー　（茜雲に）じゃあ、お前はただのノリ弁だ！

並木　私は百草園東署の警察職員です！　その頭を殴ったんだ。立派な犯罪です！　さあ、百草園東署に行きましょう。

部下　（時計を見て）総統！　タイムリミットです！

総統　なにぃ!?

部下　総統がくだらない戦法で時間を使うからです。これ以上いると、戻れなくなります。

総統　しまった！

総統・部下　マージナル・アウト！

突然、出現する総統と部下。

並木・茜雲・女王・ボヤ・友部　あっ。

総統　呼ばれて

部下　飛び出て

総統・部下　（モノトーン気味に）じゃじゃじゃじゃじゃじゃ〜ん。

友部　（ポソッと）呼んでない。

並木　さあ、全員、まとめて百草園東署に行くわよ！

女王　逃げるわよ！

女王とボヤッキー、入口の方に走る。

並木　茜雲刑事！

茜雲　はい！

茜雲、女王とボヤッキーを追う。

総統　逃げるぞ！

部下　総統！

総統と部下、女王達と反対の方に走る。
並木が追う。

並木　待ちなさい！

と、逃げた女王とボヤッキーが茜雲に追われて戻って来る。
そのまま、総統達が逃げた方向に走る。
と、総統と部下、並木に追われて、登場。そのまま、入口のほうに走り去る。入口から、柄谷とワンダ、登場。

友部　あんたは！

柄谷　いい作品になりそうじゃないですか。

友部　えっ？

再び、女王達、総統達、刑事達、登場して、そのまま、混乱のダンスへ。

いつのまにか、マージナル・スペースにいる北川も登場している。

ダンスの途中で、ガスのようなものが満ちる。

そして、北川をのぞいて踊っていた全員がゆくりと倒れる。

と、柄谷とワンダがガスマクスをつけて登場。

二人は、ガスが満ちる前にダンスから離脱して、マスクをつけていたのだ。驚く北川。

柄谷とワンダ、窓を開けて換気するマイム。

そして、ガスマクスを取る二人。

ワンダ、ボヤッキーの鼻先になにかを嗅がせる。

ボヤッキー、意識を取り戻す。

ボヤッキー　……う、う～ん。（ハッと）ドロンジョ様！

柄谷　大丈夫。亜酸化窒素を吸って寝ているだけです。

ボヤッキー　（周りを見て）おまえの仕業か！

柄谷　すみません。ボヤッキーさんと、内密に話をしたかったんです。

ボヤッキー　なに？

柄谷　手を組みませんか？　あなたにとっても悪い話じゃない。

ボヤッキー　何を言ってるんだ⁉

柄谷　うまくいけば、ドロンジョ様の能力も戻ります。ドロンジョ様を助けたいんでしょう。

ボヤッキー　……お前と手を組むことを、ドロンジョ様が許すはずがないだろう！

柄谷　その割りには、私のことを調べ回ってたじゃないですか。……だから、北川のノートの存在を知ったんでしょう？

ボヤッキー　！

柄谷　内緒にしましょうよ。私の情報を使ったことも、私と手を組むことも。すべては、あなたと彼女のためです。

ワンダ　お似合いだと思いますよ、あなたとドンジョロ様。

柄谷・ボヤッキー　ドロンジョだ！

柄谷　……詳しい話は、秘書のワンダがご説明します。

ワンダ　（隣の部屋を示し）さあ、こちらへ。

ボヤッキーとワンダ、去る。

柄谷が女王の鼻に、なにかを嗅がせて、

女王　……だめだって、もう飲めない！　**（柄谷の顔を見て、ハッと）**どうして⁉　私、飲み過ぎた⁉　**（周りを見て）**これは⁉

柄谷　君の力を借りたいんだ。

女王　……私の力なんて信じてないでしょう。

柄谷　五年たったんだ。もう、回復しているだろう。

女王　……。

柄谷　私はどうしてもノートが必要なんだ。

女王　「宇宙意志」の言葉をどうするの？

柄谷　私達が協力すれば、言葉は手に入る。

女王　……私は一度、宇宙意志を裏切ったからね。なかなか、許してくれないの。

柄谷　一緒に謝るよ。原因を作ったのは私だ。

女王　なに、カッコつけてるのよ。原因は、**（声を変えて）**あら、柄谷さんじゃないの。お久しぶり。なに？　また、イザベルを苦しめるの？　いい加減にやめなさいよ。

柄谷　演技かどうか、五年たっても分かるよ。

女王　**（宇宙意志の声のままで）**どうやって言葉を手に入れるの？

柄谷　**（倒れている友部を示し）**彼に協力してもらう。

女王　**（宇宙意志の声のままで）**北川さんの親友、友部さんね。彼は協力してくれるかしら？

柄谷　「お前を誘拐した」という手紙は彼が書いたんだ。これは、彼の物語でもあるんだ。

北川　えっ……。

北川、驚きの顔で倒れている友部を見る。

柄谷　五年ぶりの共同作業だ。一緒にやってくれるね。

女王　……。

柄谷　不安なら、ボヤッキーと相談すればいい。いいアドバイスをくれるんじゃないか？

柄谷、女王を見つめる。

柄谷　さあ、打ち合わせだ！

女王　ボヤッキー！

暗転。

シーン15

病室。

北川がベッドの上に寝ている。（物語的には本物の北川、技術的にはダミー）

その周りに、友部、女王、ボヤッキー、柄谷、ワンダがいる。

柄谷 そうです！ コーチングはあなたからあなたそのものを引き出します！ あなたの能力、あなたの潜在力、やる気、アイデア、忘れていた言葉！ 答えはすべて、あなたの中にあるのです！

全員 （拍手）

柄谷 北川さん、聞こえますか？ お医者さんは、あなたの意識が戻らないのはおかしいと言っていますよ。本当は聞こえてるんじゃないですか？ さあ、北川さん！ 目を覚ますのです！

全員、北川に注目。

北川の反応はない。

柄谷、女王に目で合図。

女王 （声が変わって）こんにちは。私は宇宙意志です。さあ、何も怖いことはありません。私の意識に飛び込んで来なさい。私達はひとつです。

柄谷 北川さん！ あなたの番ですよ！ あなたはモチベーターじゃない！ セッションの参加者の一人なんだ！

女王 （声が変わって）今から私は、あなたの意識にチャネリングします。宇宙意志をどうか拒否しないでください。これはあなたにとって最高の体験になるはずです。では、いきますよ。（声が変わって）くらいよー！ こわいよー！ ここはどこだよー！

全員 ！

柄谷 北川さんですか⁉

女王 そうだよ！ あんたは誰だよ！

柄谷 （友部に）さ、友部さん。話しかけて下さい。

友部 ……（ためらう）

柄谷 友部さん。まず、あなたが信じないと、あなたの作品は完成しませんよ。

友部 えっ……

柄谷 さあ。

友部 ……北川、俺が分かるか？

女王　お前は……友部か!?
友部　そうだ。お前は今、どこにいるんだ？
女王　分らないよ。ここは一体、どこなんだ？
友部　何が見える？
女王　何も。
友部　何も？
女王　うん。なんだここは……俺はお前と違って作家じゃないから、うまく言えないよ。
友部　……お前、どうしてた？
女王　ずっとさまよってた。
友部　帰り道は分かるか？
女王　分らない。
北川　分かってるさ。

マージナル・スペースにいる北川が、病室に現われる。

友部　今、どんな感じなんだ？　気分は？
女王　それが、うまく言えないんだ。自分で自分が分らないっていうか。
柄谷　**（友部に）**始めて下さい。
友部　**（うなづいて）**なあ、帰ってこいよ。また、一緒に遊ぼうぜ。覚えてるか？　俺達が初めて会った時のこと。ほら、お前が鉄棒の傍《そば》でいじめられててさ。あのいじめっ子、なんて名前だったっけ。六年生のあいつ。
女王　ブタゴリラだろ。
北川　そんな名前じゃない！
友部　お前、ずっと泣いてたじゃないか。あん時さ、俺、じつはけっこうビビってたんだ。だって、あいつ、
女王　ブタゴリラだろ。
北川　そんな名前じゃないって。
友部　そうだっけ。あいつ、身体大きかったじゃないか。俺、小四だったしさ。でも、お前があんまり泣いてるから。
女王　本当に助かったよ。
友部　今、初めて言うけど、あの時、じつは母ちゃんにおもいっきり叱られたんだぞ。ズボンもシャツも破けてたから。なにせ、あいつ、
女王　ブタゴリラだろ。
北川　絶対に違う！
友部　そうだっけ、あいつ強かったもんな。
女王　そんなことがあったんだ……
北川　……。
友部　なあ、帰って来いよ。また、二人で酔っぱらおうよ。
女王　だけどさ……
柄谷　**（友部に）**もっと昔話を。

友部　二人でよく、校庭の鉄棒にもたれかかって、世界なんてこなごなに壊れてしまえって叫んだじゃないか。それでも、両膝を鉄棒にひっかけて、さかさまに校庭を見つめれば、少しは世界を愛せる気持ちになった。さかさまの校庭はドキドキするほど刺激的で、その向こうに見える灰色の校舎もさかさまの風景の中では美しかった。

と、総統が登場。

総統　（北川に気付いて）お前は！　まだ、マージナル・スペースにいるのか!?　ダメじゃないか！　戻れなくなるぞ！
友部　なあ、帰ってこいよ。何があったんだ？
女王　う、うん。なんでもないんだ。
総統　茶番をまた始めたのか。柄谷という男、食えない奴じゃわい。
北川　あの、私を仲間に入れてくれませんか？
総統　何!?
北川　私も弥勒のために働きたいんです。
総統　顔に嘘と書いているぞ。
友部　どうしてだ？　最近、何かあったのか？
女王　う、うん。
北川　正直に言います。もう、どうでもよくなったんです。仲間に入れて下さい！
総統　我々は、真剣に弥勒の時間を生きているんだよ。ヤケになって参加するものじゃないんだ。
友部　モチベーターとしてのデビューの時かい？　あの時、お前は何を聞いたんだ？
女王　ち、違うさ。関係ないよ。
北川　でも、あなたは思いっきり人生を棒に振っているように見えます。
総統　君は若いね。
友部　どんな言葉を聞いたんだ？　どんな言葉をノートに書いたんだ？
女王　それは……（一瞬、苦悩を見せる）
ボヤッキー　（気づかって）あんまり追い込まないで。
柄谷　（無視して）聞いて下さい。
友部　……何があったんだ？

と、部下が飛び込んでくる。

部下　総統！　やりましたよ！
総統　部下！　どこにいたんだ！　探したんだぞ！

部下　お堀に囲まれたあの場所で、弥勒爆弾を破裂させました！
総統　なにぃ!?
部下　もうすぐですよ！　もうすぐ、この世は変わります。
総統　なんてことをしたんだ!?
部下　だって、今のままじゃあ、人生を力一杯棒に振ってるだけじゃないですか。
北川　やっぱり。
部下　**（北川に気付いて）**お前は！　まだここにいるのか!?
女王　**（苦しみ始める）**おおおおお。
友部　北川！
ボヤッキー　ドロンジョ様！　**（柄谷に）**危険です！
柄谷　**（友部に）**話を戻して。
部下　またやってるんですか。
総統　ああ。さあ、どうするつもりか……
友部　お前、鉄棒にさかさまにぶら下がるのが好きでさ、でも、何度も気分悪くなって吐いたじゃないか。そのたびに、俺、お前を介抱しただろ。
女王　……お前には感謝しているよ。
北川　嘘だ。お前は俺が吐くたびにうれしそうに「ゲロゲロ音頭」を踊ったんだ。
友部　俺たちが再開した日のこと、俺、何度も思い出すんだ。お前、ひどく酔っぱらって、路地裏でゲロゲロしてたじゃないか。俺、お前のゲロ見た瞬間、ぴんときたんだぜ。十何年ぶりなのにすぐに分かったんだ。
ボヤッキー　お前たちは、そんな汚い話しかないのか!?
友部　お前のちゃん少しも豪快じゃない、ためらいながらの吐瀉《としゃ》。昔とちっとも変わってないんだ。まるで、世界を愛せなかったことに対して許しを乞うような震えがちの吐瀉。おれはすぐ分かったよ。
北川　……お前のゲロは豪快だったからな。
友部　ゲロ見たら、いきなり時間が戻って、小四のお前が現われたんだ。俺は気がついたら小六に戻ってた。
女王　俺もお前だってすぐに分かったよ。
北川　……。
総統　答えてあげたらどうだね。茶番につきあうことも、人生の楽しみのひとつだよ。
友部　そうか、お前もすぐに分かったんだ。
北川　僕は、友ちゃんだって分からなかった。目の前にいた、疲れた酔っぱらいがどうしても、友ちゃんと結びつかなかった。
友部　お前は立派なサラリーマンになってた。
北川　友ちゃんは、ずっと言い訳してるみたいだった。十何年ぶりの再会なのに、今の自分をずっと弁解してた。僕は……。
女王　お前は、未来のアーティストだもんな。
友部　俺はなにものにもなってなかった。謙遜《けんそん》するなよ。未来の小説家じゃないか。
女王　謙遜するなよ。未来の小説家じゃないか。
友部　……北川、すまん。「お前を誘拐した」って手紙を書いたのは、俺なんだ。
全員（友部以外）（それぞれ）えっ（または「！」）
友部　小説のアイデアが何も浮かばない俺は、お前の反応を作品にしようとしたんだ。
柄谷　友部さん…（今はそんな話をしている時ではないです）
北川　どうして？
女王　どうして？
友部　俺、小六の途中で転校しただろ。新しい小学校でいじめられた。生まれて初めてだったから、第五小学校の時みたいに体当たりでぶつかったんだ。気がついたら、学校全部が敵になってた。狭い土地だったから、中学校も高校もずっといじめは続いた。あの時以来、俺の心の中の何かが折れたままなんだ。
柄谷　友部さん。（やめたほうが）
北川・女王　続けて。
北川（女王と同じタイミングで同じことを言ったことに驚く）えっ。
友部　俺、お前と再会した時、昔の俺と出会ったような気がしたんだ。自分の可能性を信じていて、世界に挑んでいた自分を感じられたんだ。
北川・女王　だから？
友部　お前が俺を変えてくれるきっかけをくれるかもしれないって思った。だから、お前に手紙を二通、書いたんだ。
北川　二通？
友部　許してくれ。
総統　ここで衝撃の告白をすれば、三通目は私が書いた。
部下　切手は私が貼った。
北川　どうして？
部下　お前が燃やしたノートが欲しかったからに決まってるだろう。
友部　お前が戻ってこないことと手紙は、本当は関係あるんだろう？
女王　いいや、無関係だよ。これは俺の問題なんだ。
北川（女王を見つめる）
友部　そうか……俺、転校してすぐに、お前に分厚い手紙書いたんだぜ。新しい小学校でいじめが始まる前。でも、お前、返事もくれなかっただろう。あれな、作家としての第一作だと俺は思ってたんだぜ。
女王　……。
友部　なあ、覚えてるか？

北川　覚えてるさ。お前は突然、いなくなった。俺は怒ってたんだ。だから、返事を書かなかった。小学校で、一緒に世界を拒否しあう仲間が突然、いなくなるってことがどんなに混乱するか、お前、分かるか。俺は、完全に打ちのめされたんだ。

女王　ああ、覚えてるさ。

友部　わけの分らない文章だっただろう。なにせ、勢いだけで書いたからな。テクニックなんてなかった。ただ、気持ちだけだった。

北川　俺は何度も読んだよ。

女王　気持ちだけでも嬉しかったよ。

友部　そうか。恥ずかしくて今まで言えなかったんだけど、あの文章、どうなったかなあ。コピーなんて取らなかったからなあ。お前、まさか、あの手紙、持ってないよな。

北川　ああ。持ってない。

女王　ああ。持ってるさ。

北川・柄谷　えっ。

柄谷　……それはどこにあるのかな？

北川　あの手紙……

女王　友ちゃん、僕が小学校卒業する時に、二年ぶりに手紙出したの覚えてないのか？

北川・友部　えっ……。

北川　小学校を卒業する時……

女王　友ちゃん、なんの返事もくれなかっただろう。

北川　そうだ！　……そうだ！　俺、小学校卒業する時に、

女王　俺、友ちゃんの手紙、引っ張りだしてきて、

北川　俺、友ちゃんの文章に書き足して、

友部　そんな手紙、読んだ気がする。たしか、お前、小学校卒業の時に、俺の文章に書き足して、

北川・女王　タイム・カプセルに入れたんだ！

友部　そうだ。お前、俺の文章にもっとわけの分らないこと付け加えたって、

北川　二十年後に一緒に読もうって手紙に書いたんだ。

北川・友部・女王　そうだ！　そうだった！

友部　俺は中二でもういじめがつらくて、返事を書く気力もなかったんだ。

北川・女王　待っても待っても、友ちゃんの返事は来なかったんだ。

北川　俺の書いた文章はたしか……

友部　お前の書いた文章はたしか……

北川・友部　あおぞらさんか……はなさんか……。ちきゅうさんか……くもさんか……。

柄谷　（ハッと）それだ！

北川　えっ？

柄谷、急に態度を変える。

柄谷　みなさん、どうもありがとう。失礼します。（ワンダに）行くぞ！

ワンダ　はい！

柄谷、ワンダ、去る。

全員　えっ!?

友部　……。

北川　どういうことなんだ!?

走り去る北川。

友部　柄谷さん！　どうしたんですか！

柄谷の後を追って去る、友部。

女王　えっ……（戻って）私、どうしたのかしら。

ボヤッキー　ドロンジョ様、大丈夫ですか？　一体、なにがどうなってるんだ!?

と、並木と茜雲が入ってくる。

並木　失礼します。デスラー馬場さんとその部下を見かけませんでしたか？

女王　あっ。

ボヤッキー　あっ。

二人、思わず身構える。

並木　いえ、もうあなた方を追ってはいません。

女王・ボヤッキー　えっ？

茜雲　あなた達は「弥勒」という言葉をご存じですか？

女王　弥勒？　さあ。

ボヤッキー　柳家花緑《やなぎやかろく》なら知ってますが。

並木　本来なら、逮捕されるレベルのボケです。

ボヤッキー　刑事じゃないんだから、逮捕できないでしょう。

並木　デスラー馬場さんとその部下を見かけたら、ぜひ、百草園東署まで知らせて下さい。失礼。

茜雲　失礼。

と、二人、去る。

部下　総統！　弥勒爆弾は成功したんですよ！
総統　北川を追うぞ。
部下　そんな時間はありません！

部下、走り去る。

総統　部下！

暗転。

シーン16

暗転の中、柄谷の電話の声が響く。
やがて、柄谷に明かり。必死で電話している。
横にタブレット型パソコンにメモを取るワンダ。

柄谷　そうだ！　おたくの卒業生の、その年度のタイム・カプセルだ！　え⁉　その場所には、旧校舎を取り壊して、新校舎が建ってる⁉　鉄筋六階建て、地下二階⁉　バカやろう！　小学校で地下室なんか作るんじゃねえ！　何⁉　いじめられた生徒の避難用シェルター⁉　じゃあ、タイム・カプセルは？「さあ⁉」さあってことはないだろう！　さあってことは⁉　あなたね、子供の夢が詰まってるんですよ！　そういう言い方でいいんですか？

マージナル・スペースにいる北川が、電話をしている柄谷を見つめる姿が見えてくる。
やがて、消える。
同時に、柄谷を追って見失い、途方に暮れた友部の姿も現われる。
友部、何かを思う様子。
やがて、友部の姿、見えなくなる。

柄谷　私？　私はそのタイム・カプセルを埋めた児童ですよ。そこに私の大人の夢ってのを入れたんです。私、大人になってみたら、一体、自分が何をしたかったのか分からなくなりましてね。だから、どうしても自分が小学校六年の時に何を考えてたか知りたいんですよ！　え⁉　用務員のおじさんに聞いてみる？　聞いて下さいよ！　聞いて下さい！　えっ！　その場所は確かに知ってるって⁉　それで？　えっ？　その場所は、ブルドーザーがガアーッて、それで？「さあ？」さあって、おじさん！　少年の夢が、少年の夢と大人の願いがかかってるんですよ！　何⁉　土に転がるタイムカプセルが、あまりに不憫《ふびん》だったので、保存してある⁉　開けて下さい！　えっ？　二十年後じゃないのか？　ええ、その予定だったんですが、クラスメイト、みんな死んじゃったんですよ。ある者は交通事故で、ある者はぽっくりと。じゃあ、すぐに行きます！

走り去る柄谷。
ワンダも追う。

シーン17

ゆっくりと森が浮かび上がってくる。それは緑のタイムトンネルのように見える。

木漏れ日に輝くタイム・トンネルの奥から、ランドセルを背負った小学生の北川が出てくる。

北川は泣いている。

そこにランドセルを背負った、小学生の友部、走ってくる。

友部　どうした、北川。なんだ、またいじめられたのか?

北川　いじめられたんじゃないわい。

友部　じゃあ、なんだよ?

北川　無視されたんだい。

友部　それをいじめって言うんだよ。ベーシックないじめだぞ。

北川　ちがわい。僕がみんなと遊びたくなかったんだい。

友部　しょうがないなあ。で、殴られたのか?

北川　**(泣きながら、首を振る)**

友部　じゃあ、いいじゃないか。

北川　心の傷と身体の傷は、脳の同じ部分が痛むんだって。痛みに違いはないんだ。

友部　小三なのに、すごいこと言うなあ。

北川　テレビで言ってた。

友部　そうか。臭いって言われたのか?

北川　わきがが、臭いって。

友部　昨日は、足が臭いって言われたんだろう。

北川　一昨日は、口が臭いって言われた。

友部　それで、そのたびに一日五回も風呂に入ってたらしょうがないじゃないか。

北川　でもさ、でもさ、

友部　どんなにきれいにしても、必ず、言われるんだから。明日は、

北川　明日は、髪の毛が臭いって言われる。

友部　どうして知ってるんだよ?

北川　一カ月のローテーションなんだ。19日は髪の毛の日なんだ。

友部　じゃあ、今日18日は、わきがの日なのか。

北川　うん。

友部　知ってて、泣くなよ!

北川　知ってても、哀しいんだよ。

友部　しょうがないなあ。

北川　友ちゃんはいいよね。友ちゃんは友達がたくさんいるし、絶対に仲間外れにはならないし。
友部　それはそれで、苦労するんだぞ。
北川　どうして？
友部　小学校五年ともなるとな、いろいろと気を使うことがあってな。
北川　そんなものなの？
友部　そうさ。俺も、小三だったら、北川を助けてやれるのにな。
北川　大丈夫だよ。僕は平気だい！
友部　北川はどうしても仲間外れにされやすいタイプなんだよな。
北川　どうして？
友部　なんて言うのかな、北川はさ、なんか、いじりたくなるような顔してるんだよ。だから、みんなから無視されたり、いじめられたりするんだよ。
北川　いじりたくなる顔ってどんなの？
友部　まあ、いじめるほうはさ、北川をいじめることでまとまってるわけだから、しょうがないんだよ。
北川　どういうこと？
友部　だからさ、お前をいじめてる間はさ、みんなにまとまりができて、みんな安心していられるんだよ。
北川　じゃあ、僕はいいことをしてるの？
友部　まあ、そう言えるな。
北川　いいことなんか、したくない。
友部　その気持ちも分かる。
北川　死んだら、楽になるかな。
友部　そんなこと、口が裂けても言うんじゃない。
北川　口が裂けたら言ってもいいの？
友部　しょうがないよ。大人は自殺しても「あー、あの人は負けたんだな」って思われるのに、僕達が自殺したら、いろんなこと、たくさん言われるんだ。
北川　いろんなこと？
友部　余計な原因を作り上げられるってことさ。
北川　そんなの嫌だ。
友部　だろう。といって、大人みたいに、お酒とかカラオケでストレスを発散できないし、遊ぼうにも校庭は五時で追い出されるし、ドラえもんに出てくるような原っぱなんてどこにもないし、僕たちはまあ、炭鉱の中にいるカナリアみたいなもんだな。
北川　炭鉱の中のカナリアって？
友部　この前、先生が言ってたんだけどな、石炭を掘る炭鉱の中には、いつもカナリアを一匹飼っておくんだって。で、空気がなくなると、まずカナリアが死んじゃうんだって。それを見て、石炭を掘る人は逃げ出すんだって。だから、カナリアは普段は大切にされるんだ。どうだ、僕達とそっくりだろう。

北川　友ちゃん。僕、ますます、哀しくなったよ。

友部　そうか？　そんなことないさ。楽しいことだって一杯ある。

北川　友ちゃんは何が楽しいの？

友部　小説を書くことかな。

北川　小説って？

友部　マンガの字だけのやつだよ。

北川　面白いの？

友部　ああ。僕は早く大人になって、小説家になりたいんだ。そしたら、北川をいじめた奴をコテンパンにするお話も書くよ。

北川　すごいね。友ちゃんはすごいね。

友部　北川は大人になったら何になりたいの？

北川　僕？　不動産経営。

友部　不動産経営？

北川　うん。パパとママが言ってた。一番、楽で確実な商売なんだって。

友部　なんか、あんまりワクワクしないぞ。

北川　そんなことないよ。「不動産経営」……ほら、口の中で唱えると、なんだかウキウキしてこない？

友部　そうか？「小説家」……ほら、こっちのほうがドキドキするよ。

北川　そんなことないよ。絶対、「不動産経営」だよ。

友部　「小説家」だよ。

北川　友ちゃんて案外、ガンコだね。絶対に「不動産経営」なんだから。

友部　ガンコはお前だよ。お前、大人になって苦労するぞ。「小説家」に決まってるんだから。

総統が出てくる。

総統　二人とも正しい。

北川・友部　えっ？

総統　よしよし、二人に「弥勒キャンディー」をあげよう。

北川　おじさん。人の回想シーンにまで、出てこないでよ。

総統　私は現在の時間からハジキ飛ばされている民《たみ》を見ると放ってはおけないのだ。それから、私はおじさんじゃないぞ。お兄さんだ。

友部　あんた誰？

総統　君たち二人の会話に感動した通りすがりのデスラー総統だ。ほら、「弥勒キャンディー」をお食べ。

素敵な話をしてあげよう。弥勒についてだ。炭鉱のカナリアにはぜひ、聞いて欲しい話だよ。ひょっとしたら死なないですむかもしれない。

友部　あ、塾に行かないと。おじさん、悪い。時間がないんだよ。

北川　僕もだ。英会話に行かないと。

総統　すぐすむんだよ。30分もかからないよ。

友部　僕達には時間がないんだよ。

北川　うん。時間がないんだ。

友部、北川、去る。

そして、森も見えなくなる。

部下、追いかけていく。

部下　総統！

シーン18

総統　おうい。未来の可能性に溢れた若者達よ。どうして、可能性の話に耳を傾けない。

部下が飛び出してくる。

部下　総統！
総統　どこに行ってたんだ⁉
部下　どうしてです⁉　どうして弥勒爆弾がお堀の中で爆発したのに、なにも変わらないんですか！
総統　ネットの小さな記事になってたじゃないか。『酔っぱらいの叫びか』って。
部下　弥勒爆弾は酔っぱらいの叫びではありません。
総統　さあ、行くぞ。
部下　どこにです⁉
総統　逃げ続けるのよ。時が来るまでな。

総統、去る。

シーン19

再び、森が浮かび上がる。

木漏れ日のタイム・トンネルの中に、ランドセル姿の友部が浮かび上がる。手には分厚い手紙。

友部　今日、「讃歌」という言葉を学校で習いました。「讃歌」とは、お礼の歌だと先生はおっしゃいました。幸せにしてもらったお礼に歌う歌が、讃歌だと先生はおっしゃいました。

僕は先生の話を聞くうちに、嬉しくて哀しくて、涙が出そうになりました。嬉しかったのは、いっぱいいっぱい、讃歌を歌う相手がいたからです。哀しかったのは、讃歌を歌う相手が多すぎて、僕が死ぬまでに歌い終われるかどうか不安になったからです。

青空を見るだけで、僕は幸せになります。だから、僕は青空にお礼の気持ちを込めて、青空讃歌を歌います。雨が降っても、僕はわくわくします。だから、雨讃歌を歌います。冷蔵庫を開けるだけで、僕はどきどきします。だから、冷蔵庫讃歌を歌います。

讃歌を歌う相手が多すぎて、僕はくらくらします。花に花讃歌、テレビにテレビ讃歌、新しい小学校に、新しい小学校讃歌。そして、

遠くまで響け、第五小学校へ、第五小学校讃歌。街を越えて響け、第五小学校の校庭へ、校庭讃歌。空を渡って響け、懐かしい鉄棒へ、鉄棒讃歌。ビルを抜けて響け、かつてのクラスメイトへ、クラスメイト讃歌。そして、とどけ、遠くまでとどけ、空を渡ってとどけ、ビルを抜けてとどけ、あいつに。いつもいじめられていたあいつに、あいつ讃歌。街を越えてとどけ、海を渡ってとどけ、僕が今、一番歌いたい、讃歌。

友部、泣きたくて嬉しくて、そんな顔をする。

そして、その手紙を封筒に入れる。友部、森の奥に走って消える。

シーン20

と、その森の奥から、柄谷とワンダ、ぼろぼろのタイム・カプセルを持って駆け上がって来る。

森は消える。

柄谷とワンダ、タイム・カプセルを開け始める。

と、女王とボヤッキーが登場。

女王　説明してくれない？

ワンダ　！

柄谷　何を？

女王　何もかも。

柄谷　君が思っている通りさ。

女王　私の能力を信じてなかったのね。

柄谷　とんでもない。君はよくやったよ。ちゃんと友部の記憶を掘り起こしてくれたじゃないか。感謝するよ。

ボヤッキー　貴様！　初めから利用する気だったんだな！

柄谷　利用？　なんの話だい。君と僕との間に、彼女が知らない何かがあったのかい？

ボヤッキー　……。（ぐっとつまる）

柄谷　（女王に）昔を思い出してぞくぞくしたよ。もうすぐ、万能の言葉が手に入るんだ。お礼に、宇宙意志に少し分けてあげようか。

ワンダ　ボス、早く開けましょう。

女王　最初から二人の記憶を狙っていたの？　違うでしょう。これは、想定外よね。

柄谷　（カプセルを開ける手を止め、薄く笑い）私に想定外なんて言葉はない。

ボヤッキー　なに!?

柄谷　（カプセルを開けながら）「実験者効果」って知ってるか？　超能力者の実験の時、立ち会う科学者がいるだろう。超能力者は、科学者によって成功したり、失敗したりする。その原因を考えた奴がいてね。ひょっとして、本当の超能力者は、立ち会っている科学者じゃないかと言い出したんだ。だって、一番、実験に熱心なのは、超能力者より、科学者だからね。

ボヤッキー　だから？

柄谷　あの言葉は、セッションの人間が出したんじゃない。北川だよ。（手を止めて）北川のエネルギーがあの言葉を出したんだ。だって、あの時、誰よりもエネルギーを出し、自分の中に眠る言葉を求めたのは北川だからね。

ワンダ　ボス。（急ぎましょう）

柄谷　（また開けだして）これでなにもかも、うまく行くぞ。なにもかも。……あった！

柄谷、タイム・カプセルの中からノートをみつける。ノートには、手紙が張り付けている。手紙とその後のページを食い入るように見つめる。

そして、その姿をいつのまにか、北川が見つめている。

柄谷　……そんな、そんな、そんな……これが、これが、あの文章なのか……これが！　ふざけるな！

柄谷、ノートを地面に叩きつける。

そして、静かに笑い始める。

柄谷　笑えないコメディーだ！　これがオチか。これがオチか!?

女王、そのノートを拾い上げ、静かに目を通す。

女王　どうして？　素敵な文章じゃないの。宇宙意志もきっと気に入るわ。

柄谷　ふざけるな！　お前はなんでも感動するんだよ！　昔からだ！　……くそう！　なぜだ！　なぜ、あの動画の言葉はあんなに感動的だったんだ!?

女王　その人は、この言葉を信じていたからでしょう。

柄谷　なに？

女王　この言葉を愛していたからよ。

柄谷　愛していた!?　冗談じゃない！　俺だって、愛しているさ！　どれだけ、この言葉を求めていたか!?

女王　あなたはこの言葉を求めただけ。でも、本当に愛した人は、この言葉を憎んだわ。

女王、マージナル・スペースでこの風景を見つめている北川に視線を動かし、

女王　そうですよね。思い出しましたか？

北川　（驚いて）えっ……。

柄谷とワンダ、そしてボヤッキーにも北川の姿は見えない。

柄谷　……何を言ってるんだ⁉　お前は誰に言ってるんだ⁉　昔からだよ！　昔から、お前はわけの分らないことを言うんだ！

ワンダ　ボス。（落ち着いて下さい）

女王　この言葉を愛した人は、深く深くこの言葉を憎んだのです。

柄谷　うるさい！　憎む？　なぜ憎まないといけないんだ！　……そうか、これは俺に対する復讐か⁉　俺のことを愛して、憎んでいたって言いたいのか⁉

ワンダ　ボス。行きましょう。これ以上ここにいても、無意味です。

柄谷　なぜ、俺を愛せる⁉　俺はまだ、俺に相応《ふさわ》しい場所に一度も立ってないんだぞ。本物の柄谷哲になってないんだぞ！　ニセモノの柄谷哲をどうして愛せる⁉　憎むだけじゃないか！

女王　いいえ。私はあなたのことを愛しているわ。五年前も今も。

ボヤッキー　！

ワンダ　ボス、行きましょう！　（女王に）過去になにがあったか知りませんが、あなたにボスを責める資格はありません。まして、愛する資格なんて、

柄谷　愛する資格⁉　ふざけるな！　私を愛する資格があるのは、私だけだ！

ワンダ　ボス……。

柄谷　いいか！　私を愛する資格があるのは、本物の私だけなんだ！

柄谷、去る。

ワンダ、後を追う。

その姿を見つめる女王とボヤッキー。

女王　ボヤッキー、ノートをタイム・カプセルに戻しましょう。

ボヤッキー　えっ？　でも……

女王　この言葉が口にされる時は、まだ何年か先です。

ボヤッキー　……はい。

ボヤッキー、ノートをタイム・カプセルに戻し始める。

ボヤッキー　ドロンジョ様。

女王　なに？

ボヤッキー　あの……私はドロンジョ様のことを、

女王　ボヤッキー、ごめんね。すごく言いにくいんだけど、

ボヤッキー　は？

女王　**（声を変えて）**あなたは私のタイプじゃないの。はっきり言って、ボヤッキーには男を感じないの。全然、無理なの。**（はっと）**あら、私、どうしたのかしら。

ボヤッキー　今のは宇宙意志の言葉じゃない！

とほほなボヤッキー。

なぜか微笑む女王。

暗転。

北川に明かりが集まる。

シーン21

明かりが広がると、そこは北川の部屋。

北川が戻ってくると、友部が机に突っ伏して寝ている。

驚く北川。

北川、ふと、机の上を見る。

友部の書きかけのノートが広げられている。

真新しいそのノートを手にとる北川。


北川 （読み始める）例えば、部屋の片隅に打ち捨てられているひとつの人形があるとしよう。あなたは、その人形とともに、ある時間を確実に過ごしたはずだ。いや、ひょっとしたらそんな時間を持つこともなく、その人形は部屋の片隅へと転がったのかもしれない。もはや、あなたの意識には、その人形は存在しない。そんなある昼下がり、あなたの友人があなたの家に遊びに来る。ひとしきり遊んだ後、その友人は、部屋の片隅にある人形に目を止める。そして、その人形が欲しいとあなたに迫る。あなたは、その時、その人形に決して感じていなかったいとおしさに気づいて驚く。友人の言葉によって、一瞬前まで、決して感じていなかった人形に対するいとおしさに震える。

その時、人形は蘇《よみがえ》る。いとおしさに溢れて、あなたの目の前に蘇る。その人形を手放したくないと友人に告げる。やがて、友人は去り、その瞬間、あなたの人形へのいとおしさは消える。だが、それを悲しんではならない。あなたが感じたいとおしさは真実なのだ。

それは、あなたが生きることで捨ててきたあなた自身の人生の真実に対応する。僕達は、片隅に転がる人形のように、自分の人生を捨てながら生きていく。何種類の人形を捨ててきたのかも忘れて、その人形と過ごした幸福な日々も忘れて、僕達は生きていく。

だが、ある昼下がり、友人があなたを訪ねる。そして、捨ててきた人生を欲しいと迫る。その瞬間に感じるいとおしさ、それは、真実なのだ。

私は、私はあなたのそういう友人になりたい。


友部が目を覚ます。

そして、北川を見る。

友部 ……おかえり。話したいことが、たくさんあるんだ。

二人、見つめ合う。
その視線の中にふと、森と、その奥に咲く花が見えたような気がした。

シーン22

総統と部下が飛び出る。

部下 総統！ どうしたら、どうしたらいいんですか！
総統 待つんだ。やがて、その時は来る！
部下 そうやって、人生を棒に振るのですか⁉

総統、黒くて小さな箱をポケットから取り出し、

総統 小型弥勒爆弾だ。これを量産して、日本中にばらまくぞ。
部下 今やってることと、あんまり変わりません！
総統 バカもの！ あの家系の一二五代の代表者は、弥勒四三一年西暦一九三三年生まれだ。もうすぐ、もうすぐ、今の年号が終わる瞬間が来る。その時、日本中にばらまかれた小型弥勒爆弾が一斉産声をあげるのだ！
部下 それは……（本当に有効なのか？）

と、並木と茜雲が登場。

並木 見つけたわよ！
茜雲 大人しくしなさい！
部下 バカ野郎！ 刑事でも警官でもないのに、逮捕できるわけないだろう！
並木 警察事務職員をバカにしないでよ！ 私達が警察を支えているのよ！
茜雲 出入りの弁当業者をバカにしないでよ！ 私達は警察と犯人、両方を支えてるのよ！
総統 我々をどうするつもりだ！
並木 逃げなさい。
部下 なに？
並木 そしたら、どこまでも追いかけるから！
茜雲 ただし、午後からよ。朝はお弁当の仕込みがあるから！
総統 逃げるぞ。
部下 総統！ （こんな奴らにつきあわなくても）
総統 さらばだ！
部下 総統！

総統、客席を駆け抜けていく。
部下も後を追う。

並木　待ちなさーい！
茜雲　待つんです！

並木、茜雲、客席を駆け抜けていく。女王とボヤッキーが出てくる。

ボヤッキー　ドロンジョ様、次は「宇宙意志・人探しスペシャル」をぶちかまそうと思います。
女王　いいわね。私、それ、仕込みなしでやってみるわ。
ボヤッキー　だめですよ。どんな依頼が来るか分らないんですよ。
女王　大丈夫。私、最近、ものすごく調子いいんだから。
ボヤッキー　絶対にダメです！
女王　あ、匂う。宇宙意志の言葉はこっちよ！
ボヤッキー　ドロンジョ様！

客席を駆け抜ける女王。
慌てて追いかけるボヤッキー。
柄谷とワンダが出てくる。

柄谷　いいか。奴の方法をそのままもらおう。例の言葉を全員に見せつけろ。何かビジネスチャンスが生まれるかもしれない。
ワンダ　分かりました。（微笑む）
柄谷　どうした？
ワンダ　いえ、さすがボスだなと思いまして。どんな失敗からも、必ず何かを得る。
柄谷　失敗？　失敗とは何の話だ？
ワンダ　いえ……。
柄谷　どこでどんな物語が生まれるか、チェック用意！
ワンダ　すぐに動けるように、名刺を10種類、用意します。
柄谷　ごくろう！

柄谷、袖に去ろうとする。

ワンダ　ボス！

ワンダ、目で柄谷を客席に導く。
客席に走り去る柄谷とワンダ。

そして、北川と友部。

二人、ゆっくりと助走し、客席に走り去る。
そのまま、なにもない空間が広がる。
暗転。

文字が出る。

『北川俊太郎は釈放した。
そして
劇場にいるお前を誘拐した。』

完

あとがきにかえて　［第三舞台版］

インタビューで、「現在、第三舞台は、とてもうまくいっていると思うんですが、その秘訣はなんですか？」と聞かれることがあります。そのたびに、僕は、一言、

「奇跡です」

と答えることにしています。

それは、つまり、秘訣なんでものがあるわけがなく、現在、もしうまくいってると見えるのなら、それはただ、奇跡なんだということです。

僕がこう答えるのは、二つ、理由があります。

ひとつは、昔、ある学生劇団の演出家さんから、どうしたら劇団はまとまるんですかと、かなり深刻に相談をうけたことに始まります。僕は、その演出家さんのことを、知らなくて、相談は、かなり唐突だったのですが、その口調は、かなりの切迫性がありました。

こういう時、詳しい話を聞かなくとも、大体のことは分かります。劇団内部のもめごとは、人生の縮図です。ほとんどの問題は、そろっています。「劇団は三度揺れる」という鴻上の名言があるくらいです。劇団のメンバーは、「就職、結婚、出産」の三回、人生の地震に襲われるのです。今、この文章を読んでいて、書くべきテーマがないと苦悩している作家さんがいましたら、すぐさま、劇団をつくりなさいとアドバイスできるほど、大抵の問題は、そろっています。

「奇跡なんですよ」と、僕は、言いました。「奇跡なんだから。だから、そんなに自分を責めるのは、やめなさい。誰かを責めるのも、やめた方がいい。奇跡を呼ぶためには、ただ、自分が面白いと思った

ことを、やり続けるしかないから。だから、もう、自分を責めるのは、終わりにした方がいい。自分や誰かを責め続けると、きっと原因は見つかる。でも、それと、奇跡は、関係ないから」

その演出家さんは、ほんの少し、ほっとしたようでした。その顔を見て、僕も、ほっとしました。

演出家さんは言いました。

「でも、奇跡っていうことは、いつか、突然、奇跡は終わるじゃないですか」

僕は、うなずきました。

「うん。奇跡は終わる」

じゃあと、また不安な顔になった演出家さんに、僕は言いました。

「終わったら、また、奇跡を呼べばいい」


奇跡だと、僕が言っている二つ目の理由は、まさに、第三舞台がたどって来た道が、奇跡、そのものだと思っているからです。

第三舞台の作品は、まさに、現在の第三舞台そのものです。

役者とスタッフと観客と僕と。その関係性が、作品そのものです。『ビー・ヒア・ナウ』という作品は、現在の関係性によって出来上がったものなのです。

共同体と共同体のスキ問、『交通の場所』をユートピアと設定してから、一年、僕は、共同体の内部でありながら、『交通の場所』という可能性を探ってきました。

おそらくそれは、「第三項排除」のポジティブな反転、「反第三項排除システム」によって現実的に成立するはずだという発見と思いが、この作品にはあります。(何のことか分からなくても、もちろんかまいません。時間があれば、どっかで、詳しく言います)

『個人』というテーマから、『個人であることの条件』へ、『個人と時代』へ、『個人という存在』へ、『個人で有り続けること』へ、『個人とシステム1・2』へ、『個人と共同体1・2』へ、『共同体の外部』へ、『交通の場所』へ、そして『共同体の内部でありながら交通の場所』へと、僕の思考は、動いていきました。

そして、それは、不遜な言い方ですが、僕と役者とスタッフと観客の流れだったと、僕は僕なりに、思っています。

それは、例えば、第三舞台の作品を決定するのは、僕だけではない、それどころか、誰もが、決定できるということなのです。

今回の『ビー・ヒア・ナウ』の公演中、ある夜、楽屋口のドアが聞き、一人の女性が入ってきました。その女性は、役者に会いたいとスタッフに告げました。関係者の方ですか？　と聞けば、その女性は、黙って、首を振りました。ドアの表にも書いてありますように、関係の方以外は、面会できないのですが、と若いスタッフが申し訳なさそうに言うと、その若い女性は、黙ったまま下を向いてしまいました。花を一輪、その女性は持っていたので、スタッフが、お名前をこの紙にお書き下さい、私が責任を持って、役者に渡しますから、と告げました。が、その女性は、依然として、下を向いたまま、黙っていました。楽屋口は、終演後のごたごたで、混雑していて、困ったスタッフは、その花を預かろうとして、手を伸ばしました。すると、その女性は、黙ったまま、花を持つ手に力を込めました。そして、脅えと怒りの交じった目で、若いスタッフをにらみました。

僕は、少し離れた場所で、この光景を見ていました。じっと見ていました。花を直接渡したいという女性の気持ちは、痛いほど分かりました。ですが、役者のコンディションや、劇場の管理の問題、そしてなによりも、役者に花束を直接渡したいと思っているお客様は、何千人もいらっしゃるのです。申し訳ないのですが、お断りするしかないのです。

怒りと脅えの目で若いスタッフをにらんだまま、その女性は、じっと立っていました。そして、残されたものは、花一輪と、消耗したスタッフでした。

そして、スタッフの消耗は、劇団全体の消耗になります。それが、第三舞台のシステムなのです。だからこそ、スタッフ一人の喜びは、劇団全体の喜びになるのです。

そしてだからこそ、アンケート一枚が、劇団全体に希望をもたらすのです。その逆だって、もちろんあります。

僕達は、このシステムを選んだのです。それはつまり、役者とスタッフと僕と、観客と。誰も、交代が不可能だということです。何十人、何百人と役者がいて、機械的なスタッフがいて、演出家は初日以外はいなくて、大量生産の観客がいる。そういうシステムを拒否したのです。

これは、僕達のシステムの自慢ではありません。その逆です。このシステムは、とてもとても、やっかいなシステムなのです。

頭のいい人は、こうアドバイスします。もし、本番中に、小須田が酒の飲み過ぎで倒れたらどうするんだ。もし、筧が、女に刺されたらどうするんだ。僕は、それに対する答えを用意してないのです。だから、このシステムは、やっかいなのです。消耗したスタッフが、例えば観客との関係性を放棄します。そして、その事実は、直接に、第三舞台に影響を与え、方向を決定づけるのです。

そして、奇跡の話です。

そんなシステムを選んだ第三舞台は、その時その時に、まさに奇跡のように、有効なアドバイスを受けてきたのです。

そのアドバイスは、次々と入ってくるスタッフによって、もたらされました。その言葉は、成長した役者の口から伝えられました。もちろん、そのアドバイスは、甘美ではありません。僕にしてみれば、痛い。じつに痛い。そして、観客のさまざまな言葉が、第三舞台を、現在の第三舞台へと成長させたのです。

それは例えば、結婚して、しばらく遠ざかっていた女性の懐かしい名前を、アンケートに見つけた時でした。懐かしい文字は、また、苗字が元に戻りましたと、告げていました。そして、鴻上さん、あんたは、まだまだ甘いと言葉は、微笑んでいました。

それは例えば、二年の海外生活から帰ってきたと告げる男性の文字でした。それは例えば、就職を告げる若い文字でした。それは例えば、御夫婦の賛否両論の文字でした。

それらの言葉のひとつひとつが、現在の第三舞台を作っているのです。

だから、第三舞台は、変わらないのです。そして、変わり続けるのです。

そしてやっぱり、頭のいい人は、マーケティング理論まで持ち出して、奇跡は、必ず、終わるとアドバイスしてくれるのです。そして、僕は、答えるのです。

「はい。奇跡は終わると思います。終わったら、また、奇跡を呼びます」

新しいスタッフは、言います。奇跡が終わって、また新しい奇跡が始まるまでの間は、私達は、どうやって、生活するんですかと。

これは、演出家としての僕への質問ではありません。劇団の社長としての僕への質問です。僕はふむふむと、踏ん張ります。

質問の質は、どんどん深くなっていきます。そして、僕は、この状態が、けっこう、好きです。何故なら、これが、生き続けているということだと思っているからです。なにせ、この社長は、「続ける意味がなくなれば、いつでも、芝居をやめる」と言っているのです。こんなことを、堂々と言う社長は、いません。スタッフの苦労が、分かろうというものです、と他人言のようにいう社長も、もちろん、いません。

迷宮は、どんどん複雑に、そして面白くなっていきます。

僕は、迷宮の真ん中で、例えば、アンケートの懐かしい文字を思い出すのです。苗字が元に戻り、再び、見る時間ができたと語るアンケートを思い出すのです。

そして、その言葉は、僕の迷宮を、照らしだしてくれるのです。

あなたの迷宮が、僕の迷宮よりシンプルなら、僕の言葉は有効かもしれません。

ですが、あなたの迷宮が、僕の迷宮より、はるかに複雑で刺激的な時、僕は、あなたの言葉を思い出すのです。

1990年10月8日

鴻上尚史

あとがきにかえて

2007年12月、二千人近い若者をオーディションして、『虚構の劇団』の『旗揚げ準備公演』というのをやりました。『第三舞台』はこの時点では、活動休止中でした。

2009年、『虚構の劇団』として、『第三舞台』時代の作品、『ハッシャ・バイ』を上演しました。自然な流れで上演したような気がします。

結局、僕は、何十人もの劇団員がいる劇団を好きではないのだと思います。

社会からはじき飛ばされた人間達が、舞台の上でもまた、疎外されているを見るのは、とても嫌なのです。

一回だけのプロデュース公演だと、コロス（群衆）という人達がぐわーっと出て、わちゃーと騒ぐ芝居も僕は好きです。

ただ、劇団になると、「毎回、群衆担当」と固定化する人間が出てくることに耐えられないのです。

これは、良いとか悪いとかではなく、趣味とか志向の問題だと思います。

なので、『第三舞台』もずっと男6人、女4人、計10人前後の範囲でやってきました。

気がつけば、『虚構の劇団』もまったく同じ俳優構成になっていて、「あれ？　じゃあ、第三舞台時代の作品、できちゃうじゃん。じゃあ、やろうか」という流れで、まずは『ハッシャ・バイ』を選びました。

今回の台本は、その時に大幅改定したものです。

詳しい話は、「ごあいさつ［虚構の劇団版］」に書いた通りです。

その後、『虚構の劇団』では、２０１１年8月、大高洋夫をマスターに迎えて『天使は瞳を閉じて』を上演しました。『第三舞台』の作品の二回目の公演です。この時の台本はテキストにはなっていませんが、ＤＶＤとして出ていますから、(サードステージのＨＰから通販で買えます。あ、Ａｍａｚｏｎでも買えます) 興味のある方はどうぞ。壁で囲まれた街を天使が見つける所からはマイナーチェンジですが、そもそも、透明な壁で街が出来た理由が、原発事故と関連づけられています。

ちなみに、『虚構の劇団』版の『ハッシャ・バイ』は、ＤＶＤにはなっていません。

この年の11月、『第三舞台』の10年間封印解除&解散公演が幕を開け、２０１２年の1月に終わりました。

そして、２０１４年、『第三舞台』の作品、『ビー・ヒア・ナウ』の上演です。

『虚構の劇団』では、所属劇団員の可能性を伸ばすために、鴻上以外の演出家さんと全員が出会う『虚構の旅団』(番外公演) というのをやっています。

一回目は木野花さんでした。

そして、二回目、深作健太さんにお願いしました。何をやられますか？　というこちらの問いかけに、深作さんは「『ビー・ヒア・ナウ』をやりたい」とおっしゃいました。「高校時代、何度も見たんです。すっごく好きでした。ですから、自分の手で演出したいんです」と。

ありがたい話でした。結果、僕は、24年ぶりに、『ビー・ヒア・ナウ』と再会しました。この作品は、一度も再演していませんでしたから (『ハッシャ・バイ』は一度、『天使は瞳を閉じて』は二度、再演しています) 読み返すのは実に新鮮な体験でした。

ぶっちゃけて言えば、この頃、僕は、「物語の完成なんぞ、犬に食われろ!」と思っていましたから、じつに強引な作品を書いていました。物語を否定した上でのカタルシス、劇団の人間関係からの面白さ、反物語の醍醐味、メッセージの強さと可能性、なんかをずっと考えていたのです。

読み返してみれば、その試行錯誤は、あの時代、あの時の『第三舞台』でしか成立しないと感じました。なので、この作品も半分ぐらいは書き換えました。

『虚構の劇団』版の「ごあいさつ」がないのは、僕の演出ではないからです。僕は、この時、（というか今ですが）『朝日のような夕日をつれて　２０１４』の方の稽古をしています。

深作さんが興味を持ってくれなかったら、『ビー・ヒア・ナウ』という作品をまたやることはなかったと思います。自分にとっては、解体した物語の、あえて打ち捨てた断片をもう一度拾い集めて、起承転結の物語に編み上げていくのは、新鮮で楽しい経験でした。

どちらの作品も、僕が30歳前後で書いたものです。今、こんな作品を書けと言われても書けないでしょう。

今の二十代、三十代の人達が、この作品をどう思うか、どう感じるか。じつに、知りたい所です。

今回、二作まとめて、白水社さんに本にしていただけることになりました。深く感謝します。今から、25年近く前に書いた作品がまた、様々な形での上演の可能性の回路を持つ――戯曲にとってこれほどの幸福はないと思います。

あなたは初めて読みますか？　それとも、昔、『第三舞台』版を見ましたか？　『虚構の劇団』版を見ましたか？

楽しんでいただければ、僕はとても幸福です。んじゃ。

鴻上尚史

上演記録

第三舞台『ビー・ヒア・ナウ』

公演日程：1990年8月4日㈯～8月9日㈮　近鉄劇場
1990年8月16日㈭～9月13日㈭　シアターコクーン

作・演出：鴻上尚史

CAST
大高洋夫
小須田康人
筧利夫
伊藤正宏
京晋佑
勝村政信
長野里美
山下裕子
筒井真理子
利根川祐子

STAFF
美術＝石井強司、照明＝丸山邦彦、音響＝松崎俊章、スタイリスト＝古池慶次郎、振付＝川崎悦子、舞台監督＝嶽恭史、舞台監督助手＝鈴木慎介・安永由起子、宣伝美術＝鈴木成一、演出助手＝板垣恭一・戸田山雅司・岩田達示、演出部＝福光博・吉沢充宏・中谷真由美、衣裳・小道具＝小松信雄、衣裳部＝佐々木恵子・有本久美子・小町育子・白井友貴子・山田恵子・森歌、小道具部＝寺田由子・桑原治男・阿部真理・杉浦祐一・竹田団吾（劇団☆新感線）、体操指導＝若井田久美子、企画・制作＝オフィス・ザ・サードステージ（細川展裕・宍戸紀子・中島隆裕・牧野伸子）

文化庁委託事業「平成26年度時次代の文化を創造する新進芸術家育成事業」
日本の演劇人を育てるプロジェクト　新進演劇人育成公演〔俳優部門〕

『ビー・ヒア・ナウ』［2014年版］

公演日程：2014年7月10日㈭〜7月21日㈪　シアターグリーン
作：鴻上尚史
演出：深作健太

CAST
小沢道成
小野川晶
杉浦一輝
三上陽永
渡辺芳博
塚本翔大
森田ひかり
木村美月
七味まゆ味（柿喰う客）
津村知与支（モダンスイマーズ）

STAFF
美術＝池田ともゆき、照明＝倉本泰史、音響＝長野朋美、振付＝関川慶一、衣裳＝山下和美、ヘアメイク＝西川直子、映像＝石田肇、演出助手＝松森望宏、舞台監督＝中西輝彦・内田純平、照明操作＝小原もこ、音響操作＝渡邉卓也、映像操作＝諸田奈美、大道具＝C-COM舞台装置、小道具＝高津映画装飾、宣伝美術＝末吉亮（図工ファイブ）、宣伝写真＝坂田智彦＋西村法正＋菊池洋治（TALBOT.）、演出部＝成田里奈・佐藤慎哉・藤岡文吾・田原愛美・斎藤菜月・永作一樹・伊達紀行・大刀佑介、パンフレット写真＝園田昭彦、制作＝公益社団法人日本劇団協議会、主催＝文化庁、日本劇団協議会、協力＝サードステージ、オフィスPSC、モダンスイマーズ、柿喰う客

著者略歴
一九五八年生
早稲田大学法学部卒
作家・演出家
主要作品
『朝日のような夕日をつれて』
『デジャ・ヴュ』
『モダン・ホラー』
『ハッシャ・バイ』
『ビー・ヒア・ナウ』
『天使は瞳を閉じて』（クラシック版）
『トランス』（新版）
『スナフキンの手紙』（岸田國士戯曲賞受賞）
『パレード旅団』
『ものがたり降る夜』
『プロパガンダ・デイドリーム』
『恋愛戯曲』（新版）
『ファントム・ペイン』
『発声と身体のレッスン　魅力的な「こえ」と「からだ」を作るために』（増補新版）
『ピルグリム』（クラシック版）
『シンデレラストーリー』
『ハルシオン・デイズ』
『リンダ リンダ』
『グローブ・ジャングル』（読売文学賞受賞）
『エゴ・サーチ』
『アンダー・ザ・ローズ』
『演技と演出のレッスン　魅力的な俳優になるために』
『深呼吸する惑星』
『キフシャム国の冒険』

サードステージ住所
〒一五一－〇〇五一
東京都渋谷区千駄ヶ谷一－一一－六
第2シャトウ千宗四〇一
電話〇三（五七七二）七四七四
ホームページアドレス
http://www.thirdstage.com

ハッシャ・バイ／ビー・ヒア・ナウ〔21世紀版〕

二〇一四年七月一〇日　印刷
二〇一四年八月　五日　発行

著　者 © 鴻《こう》上《かみ》尚《しょう》史《じ》
発行者　及　川　直　志
印刷所　株式会社　精　興　社
発行所　株式会社　白　水　社
東京都千代田区神田小川町三の二四
電話　営業部〇三（三二九一）七八一一
　　　編集部〇三（三二九一）七八二一
振替　〇〇一九〇－五－三三二二八
郵便番号　一〇一－〇〇五二
http://www.hakusuisha.co.jp
乱丁・落丁本は送料小社負担にてお取り替えいたします

誠製本株式会社

ISBN978-4-560-08390-1

Printed in Japan

鴻上尚史の本　SHOJI KOKAMI

キフシャム国の冒険	いつか未来再び大地は揺れ、大切な人を亡くした……。主人公は冥界を旅する。ポスト3.11の「希望」を伝えるファンタジー。
深呼吸する惑星	「第三舞台」封印解除＆解散公演！ 人々は欲望という名のロケットに乗り、希望という名の惑星に降り立った――。
アンダー・ザ・ロウズ	中学生のときからの思いを胸に、リベンジにもえる「ポストいじめ世代」のパラレルワールドを描く。
エゴ・サーチ	インターネットで「自分の名前」を検索すると、忘れかけていた記憶が甦る――サスペンスフルな恋愛ファンタジー。
リンダ リンダ	俺達は、本物のロックバンドになりたいんだ！ ――ザ・ブルーハーツの名曲・全19曲でつづる青春音楽劇。
ハルシオン・デイズ	自殺系サイトで知り合った3人の男女が、妄想に導かれ暴走を始めた！ 名作『トランス』のテーマを引き継いだ作品。
天使は瞳を閉じて［クラシック版］	街をおおう「透明な壁」の外に出ようとする住民とそれを見守る天使。“学生演劇のバイブル”を改稿した決定版！
ピルグリム［クラシック版］	長編冒険小説を書き始めた作家が、執筆中の作品世界に連れ込まれた！ 89年初演の名作を、普遍的な物語へと改稿。
ファントム・ペイン	『スナフキンの手紙』の続編。引きこもり世代の、心の痛みを描く！ 第三舞台20周年記念＆10年間封印公演。
プロパガンダ・デイドリーム	「報道被害者」のこころの癒やしをモチーフに、物語の力を謳いあげる、KOKAMI@network 第2弾。
発声と身体のレッスン 増補新版 ◎魅力的な「こえ」と「からだ」を作るために	俳優や声優から、教師や営業マンまで！「人前で話す」すべての人のためのバイブル。大好評ロングセラーの完全版。
演技と演出のレッスン ◎魅力的な俳優になるために	『発声と身体のレッスン』の続編！ アマチュアからプロまで、表現力を豊かにするための「演技のバイブル」。